글나무 시선 20

대만 시인 20인 시선집
20位台灣詩人詩集

리쿠이셴 외

글나무 시선 20
대만 시인 20인 시선집(20位台灣詩人詩集)

저 자 | 리쿠이셴 외
역 자 | 강병철
발행자 | 오혜정
펴낸곳 | 글나무
주 소 | 서울시 은평구 진관2로 12, 912호(메이플카운티2차)
전 화 | 02)2272-6006
e-mail | wordtree@hanmail.net
등 록 | 1988년 9월 9일(제301-1988-095)

2025년 1월 20일 초판 인쇄 · 발행

ISBN 979-11-93913-15-4 03810

값 25,000원

대만 시인 20인 시선집
20位台灣詩人詩集

리쿠이셴 외

한국세계문학협회

《대만 시인 20인 시선집》 서문

리쿠이셴(李魁賢)

"시를 통해 사랑, 평화 및 국제적 이해를 증진한다"는 이 격언은 제가 오랫동안 국제 시 교류와 번역에 종사하면서 항상 마음속에 새겨 두고 있던 것입니다. 시 번역을 통해 단순히 외국 시를 읽는 것보다 시의 이국적인 세계에 깊이 잠겨 세례를 받고 미묘하게 영향을 받을 수 있습니다.

2010년부터 대만 2010년부터 대만쇼위정보유한공사(台灣秀威資訊科技股份有限公司)를 위해 '명류 시총(名流詩叢)'을 기획해 왔으며, 지금까지 외국 시인의 시집 41권을 중국어로 번역하여 출판했습니다. 저는 국가를 목표로 한 시선집에 집중했습니다. 예를 들면, 《방글라데시 시 100편》(2017년), 《서쪽 먼 곳―마케도니아 현대 시선》(2017년), 《이라크 현대 시 100편》(2017년), 《알바니아 시선》(2018년), 《아르헨티나 시선》(2019년), 《백합의 일지―튀니지 현대 시선》

(2020년), 그리고 《터키 시선》(2023년)이 있습니다. 오랫동안 다른 출판사들을 통해 외국 시인의 시집 71권도 중국어로 번역하여 출판했으며, 이 중에는 《독일 시선》(1970년), 《독일 현대 시선》(1970년), 《인도 현대 시선》(1982년), 《20세기 이탈리아 현대 시선》(2003년), 《인도 현대 시 금고》(2005년), 《몽골 현대 시선》(2007년) 등의 국가를 목표로 한 시선집도 포함되어 있습니다.

반대로, 지난 몇 년 동안 저는 외국에 대만 시선집을 편집하고 출판하는 일에 종사했습니다. 몽골에서 영어로 번역된 《대만의 목소리—대만 현대 시선(Voices from Taiwan-An Anthology of Taiwan Modern Poetry)》(2009년), 터키에서 번역된 《대만의 목소리(Tayvan'dan Sesler)》(2010년), 대만에서 중국어-영어 이중언어로 출판된 《대만 섬의 시(Verses in Taiwan Island)》(2014년), 칠레에서 스페인어-영어-중국어 삼중언어로 출판된 《두 반구의 시로(Poetry Road Between Two Hemispheres / La Poesía Camino Entre Dos Hemisferios)》 두 권(2014년과 2017년), 스페인에서 스페인어-중국어-영어 삼중언어로 출판된 《대만의 목소리(Voces desde Taiwán / Voices from Taiwan)》(2017년), 미국에서 중국어-영어-터키어 삼중언어로 출판된 《대만의 새로운 목소리(New Voices From Taiwan / Tayvan'dan Yeni Sesler)》(2018년), 미국과 인도에서 중국어-영어 이중언어로 출판된 《눈의 소리—대만 포르모사 섬 시선집(The Sound of Snow—A Poetry Anthology from Taiwan Formosa Island)》

(2019년), 멕시코에서 스페인어로 번역된 《눈의 소리(el sonido de la nieve)》(2019년), 미국에서 중국어-영어 이중 언어로 출판된 《바다에서 온 사랑 노래(Love Song from the Sea)》(2020년), 콜롬비아에서 중국어-스페인어 이중 언어로 출판된 《대만은 이름이 아니다(Taiwán No Es Un Nombre)》(2020년), 멕시코에서 스페인어로 번역된 《바다에서 온 사랑 노래(La canción de amor que llegó del mar)》(2020년), 터키에서 번역된 《터키-대만 시의 길(Türkiye-Tayvan Şiir Yolu)》(2023년) 등이 있습니다.

이처럼 오랜 노력 끝에 대만의 국제 시 교류 노력은 대체로 인정받고 받아들여졌음을 알 수 있습니다. 이번에 한국어로 번역된 《대만 시인 20인 시선집》과 한자로 번역된 《한국 시선집》의 협력은 앞서 언급한 상호 번역의 연속이며, 추진이 매우 자연스럽고 원활했습니다.

한국 시와의 인연을 회고하면 1981년 《아시아 현대 시집》 연간 출판에 참여한 것에서 시작하여, 1986년과 1993년 서울에서 열린 아시아 시인 회의 및 1990년 제12회 세계 시인 회의에 참석하고, 1986년에 제주를 거쳤던 것까지 거슬러 올라갑니다. 안타깝게도 한국이 중국과 수교하기 위해 1992년 대만과 단교하면서 한국과 대만 간의 국제 시 교류가 눈에 띄게 줄어들었습니다.

김광림 시인의 아들 김상호가 1988년에 대만으로 유학 온 후, 오랫동안 대만에서 대학 강의를 하면서 많은 한국 시를 대만 독자들에게 소개할 기회를 얻었습니다. 또한, 그는 많은 대만 시를 한국어로 번역하여 한국에서 출판했으며, 그중에는 제 시집 《황혼 시각》의 확대판 100편의 한국어-중국어 이중언어 본(Baumcommunications, 2016년)도 포함됩니다. 김상호는 지금까지 한국과 대만 간의 국제 시 교류를 활성화하기 위해 노력하고 있습니다.

21세기 들어 저는 대만의 국제 시 교류 업무에 많은 시간과 에너지를 투입해 왔으며, 이는 세계 5대륙에 걸쳐 확산하였습니다. 그러나 아시아에서는 한국 통로가 부족하여 아쉬웠습니다. 최근 강병철 박사가 제 시집 《대만 이미지 시집》을 한국어로 번역해 준 덕분에 제 시가 한국어-중국어-영어 삼중언어본으로 한국에서 출판되는 영광을 얻게 되었습니다. 이에 비례하여, 저는 강병철 박사의 시집 《대나무 숲의 소리》와 양금희 회장의 시집 《새들의 둥지》를 중국어로 번역하여 2024년에 쇼웨이 정보기술 주식회사에서 출판하였습니다. 그리고 강병철, 양금희, 이희국, 김봄서 네 명의 한국 시인을 2024년에 열리는 세계적으로 유명한 담수이 포르모사 국제 시 축제에 초청하여 한국과 대만 간의 시 교류 활동과 성과를 지속해서 강화하고 있습니다.

이번에 한국어로 번역된 《대만 시인 20인 시선집》과 한자로 번역된 《한국 시선집》이 양 당사자의 열정적인 협력 덕분에 원활하게 추진될 수 있었음을 기쁘게 생각합니다. 《대만 시인 20인 시선집》에 포함된 20명의 대만 시인들은 최근 몇 년 동안 담수이 포르모사 국제 시 축제에 열정적으로 참여하여 국제 시 교류에 헌신했으며, 한국 시인들과도

교류할 기회를 얻었습니다. 이 시선집의 출판이 한국과 대
만 간의 더 큰 이해를 증진하기를 바랍니다.

2025년 1월

　　　　　　　　　　대만 시인 20인 시선집(20位台灣詩人詩集)

《20位台灣詩人詩集》前言

李 魁 賢

「藉詩推動愛, 和平以及國際理解」這句格言, 我多年來從事國際詩交流和翻譯時, 始終掛在心上, 永遠記在心裡。在詩的翻譯中, 比單純閱讀外國詩, 更能沉潛涵泳於詩的異域領海裡, 接受洗禮, 潛移默化。

2010年開始為台灣秀威資訊科技股份有限公司策劃「名流詩叢」, 迄今已出版外國詩人漢譯詩集41冊, 其中我專注以國家為目標的詩選集, 有《孟加拉詩一百首》(2017年),《遠至西方—馬其頓當代詩選》(2017年),《伊拉克現代詩一百首》(2017年),《阿爾巴尼亞詩選》(2018年),《阿根廷詩選》(2019年),《白茉莉日誌—突尼西亞當代詩選》(2020年)和《土耳其詩選》(2023年)。長久以來另由其他出版社出版外國詩人漢譯詩集71冊, 也有以國家為目標的詩選集, 包括《德國詩選》(1970年),《德國現代詩選》(1970年),《印度現代詩選》(1982年),《20世紀義大利現代詩選》(2003年),《印度現代詩金庫》(2005年),《蒙古現代詩選》(2007年)。

相對地, 歷年我編譯在外國出版台灣詩選集, 有蒙古英譯本《台灣心聲—台灣現代詩選(Voices from Taiwan—An Anthology of Taiwan Modern Poetry)》(2009), 土耳其文本《台灣心聲(Tayvan'dan Sesler)》(2010), 台灣漢英雙語本《台灣島國詩篇(Verses in Taiwan Island)》(2014), 智利西英漢三語本《兩半球詩路Poetry Road Between Two Hemispheres / La Poesía Camino Entre Dos Hemisferios)》(兩集(2014和2017), 西班牙西漢英三語本《台灣心聲(Voces desde Taiwán / Voices from Taiwan)》(2017), 美國漢英土三語本《台灣新聲(New Voices From Taiwan / Tayvan'dan Yeni Sesler)》(2018), 美國和印度漢英雙語本《雪的聲音—台灣美麗島詩集(The Sound of Snow—A Poetry Anthology from Taiwan Formosa Island)》(2019), 墨西哥西班牙譯本《雪的聲音(el sonido de la nieve)》(2019), 美國漢英雙語本《海的情歌(Love Song from the Sea)》(2020), 哥倫比亞漢西雙語本《台灣不是名詞(Taiwán No Es Un Nombre)》(2020), 墨西哥西班牙譯本《海的情歌(La canción de amor que llegó del mar)》(2020), 土耳其文本《土台詩路(Türkiye-Tayvan Şiir Yolu)》(2023)。

可見多年來的努力, 台灣在國際詩交流的努力, 已經大致上獲得認同和接受。韓譯《20位台灣詩人詩集》和漢譯《韓國詩選》的雙方合作, 在我是承繼上述雙向互譯的延續, 推動上相當自然而且順利。

回憶我與韓國詩壇緣份, 可追溯到1981年, 參與《亞洲現代詩集》年刊, 出席1986年和1993年漢城亞洲詩人會議，以及1990年第12屆世界詩人會議，1986年途經濟州。可惜韓國為了與中國建交，以致1992年與台灣斷交，無形中使韓台國際詩交流衰落。

因金光林哲嗣金尚浩在1988年到台灣留學，從此長期留在台灣在大學教書，有機會介紹許多韓國詩給台灣讀者，也韓譯許多台灣詩在韓國出版，包括拙詩集《黃昏時刻》擴大版100首韓華雙語本(Baumcommunications, 2016年)，從此負起重大的韓台國際詩交流的再興。

21世紀以來，我投入很多心力在台灣的國際詩交流工作，遍及世界五大洲，亞洲卻缺少韓國管道，尚付之闕如。最近承姜秉徹博士韓譯拙詩集《台灣意象集》，有幸得以在韓國出版韓漢英三語本。相對地，我也漢譯姜秉徹詩集《竹林颯颯》和梁琴姬詩集《鳥巢》，由秀威資訊科技公司於2024年出版。接著邀請到姜秉徹，梁琴姬，李熙國和金春書四位韓國詩人，參加2024年享有世界盛譽的淡水福爾摩莎國際詩歌節，繼續加強韓台兩國間的詩交流活動和成果。

此次韓譯《20位台灣詩人詩集》和漢譯《韓國詩選》，有機會能在雙方熱烈合作情況下，順利推動，值得欣慰。《20位台灣詩人詩集》選擇對象的20位台灣詩人，近年來都很熱心參與淡水福爾摩莎國際詩歌節活動，對國際詩交流投入心血，與韓國詩人也都有機會互動，希望藉此詩選的出版，能促進韓台雙方更多理解。

2025年 1月

Poetry Book of 20 Taiwanese Poets

By Lee Kuei-shien

This motto of "promoting love, peace and international understanding through poetry" has always been reminded in my heart and always be remembered in my mind when I have been engaged in international poetry communications and translation for long time. In proceeding my translation of poems, I can more immerse myself in the territory of foreign poetry, accept baptism, and be influenced by it imperceptibly, than simply in reading foreign poems.

From 2010, I started to plan the "Elite Poetry Series" for Taiwan Showwe Information Co., Ltd., and so far have translated and published 41 poetry collections by foreign poets into Mandarin. Among them, I focused on poetry anthologies targeting at different countries, including "100 Poems From Bangladesh, 2017", "Far Away to the

West—Anthology of Contemporary Macedonian Poems, 2017", "100 Iraqi Modern Poems, 2017", "Anthology of Albanian Poetry, 2018", "Anthology of Argentine Poetry, 2019", "Diaries of White Jasmines—Anthology of Contemporary Tunisian Poetry, 2020" and "Anthology of Turkish Poetry, 2023". For a longer time, other publishing houses have additionally published 71 collections of my Mandarin-translated poems by foreign poets, among them also country-oriented poetry anthologies, including "Deutsche Gedichte, 1970", "Deutsche Gedichte der Gegenwart, 1970", "Indian Modern Poetry, 1982", "Italian Modern Poetry in 20 Century, 2003", "Golden Treasury of Modern Indian Poetry, 2005" and "Mongolian Modern Poetry, 2007".

Relatively, over the years, I have compiled and published various anthologies of Taiwanese poetry in foreign countries, including English version "Voices from Taiwan—An Anthology of Taiwan Modern Poetry, 2009" in Mongolia, Turkish version "Tayvan'dan Sesler, 2010" in Turkey, Mandarin-English bilingual version "Verses in Taiwan Island, 2014" in Taiwan, Spanish-English-Mandarin trilingual version of "Poetry Road Between Two Hemispheres / La Poesía Camino Entre Dos Hemisferios"(two volumes, 2014 and 2017 respectively) in Chile, Spanish-Mandarin-English trilingual version "Voces desde Taiwán / Voices from Taiwan, 2017" in Spain, Mandarin-English-Turkish trilingual version "New Voices From Taiwan / Tayvan'dan Yeni Sesler, 2018" in USA, Mandarin-English bilingual version "The Sound of Snow—A Poetry Anthology from Taiwan Formosa Island, 2019" in USA and India , Spanish version "el sonido de la nieve, 2019" in Mexico, Mandarin-English bilingual version "Love Song from the Sea, 2020" in USA, Mandarin-Spanish bilingual version "Taiwán No Es Un Nombre, 2020" in Colombia, Spanish version "La canción de amor que llegó del mar, 2020" in Mexico, and Turkish version "Türkiye-Tayvan Şiir Yolu, 2023" in Turkey.

It can be seen that after years of hard work, Taiwan's efforts in international poetry communications have been roughly recognized and accepted. The cooperation between the Korean translation of "Poetry Book of 20 Taiwanese Poets" and the Mandarin translation of "Anthology of Korean Poetry" is a continuation of the above-mentioned mutual translation, and its promotion is quite natural and smooth.

Looking back on my relationship with the Korean poetry circles, it can be traced returning to 1981, when I took part in the annual publication of "Asian Modern Poetry" and participated 1986 and 1993 Asian Poets Conference in Seoul, also visited Jeju in 1986. Unfortunately, in order to establish diplomatic relations with China, Korea severed diplomatic relations with Taiwan in 1992, which invisibly declined the good international poetry communications between Korea and Taiwan.

Because Kim Sang-ho, the son of poet Kim Kwang-rim, went to Taiwan to study in the year of 1988 and thereafter has been staying in Taiwan for long time to teach at the university, so he had the opportunity to introduce many Korean poems to Taiwanese readers, and also translated many Taiwanese poems into Korean and published them in Korea, including my collection of poems "The Hour of Twilight", an expanded Korean-Mandarin bilingual version of 100 poems(Baumcommunications, 2016). Kim Sang-ho has been endeavoring the revitalization of international poetry communication between Korea and Taiwan so far.

Since 21st century, I have devoted a lot of time and energy to the international poetry communication mission in Taiwan, which has spread across five continents of the world. However, in Asia, I regretfully lacked of the

Korean channels and has been absent. This time, Dr. Kang Byeong-cheol's translation of my poetry book "Taiwan Images Collection" into Korean gave my poems the honor published with a Korean-Mandarin-English trilingual edition in Korea. Relatively, I have also translated the poetry books "Sounds of Bamboo Forest" by Kang Byeong-Cheol and "Nests of Birds" by President Ms. Yang Geum-Hee into Mandarin, and published by Showwe Information Co., Ltd in 2024. Then we took the good opportunity to invite four Korean poets including Kang Byeong-cheol, Yang Geum-hee, Lee Hee-kuk and Kim Bomseo, to participate the worldwide renowned Formosa International Poetry Festival in Tamsui 2024, continuing to strengthen poetry communication activities and achievements between Korea and Taiwan.

This time, the Korean translation of "Poetry Book of 20 Taiwanese Poets" and the Mandarin translation of "Anthology of Korean Poetry" have the chance to be smoothly promoted with the enthusiastic cooperation between two opposite parties, which is much gratifying. The 20 Taiwanese poets selected for inclusion into this "Poetry Book of 20 Taiwanese Poets" have all enthusiastically participated in Tamsui Formosa International Poetry Festival in recent years, devoted themselves to international poetry communications, and also had opportunities to interact with Korean poets. I hope that the publication of this poetry anthology would promote a greater understanding between Korea and Taiwan.

January, 2025

《대만 시인 20인 시선집》에 관한 서문

양 금 희(한국세계문학협회 회장)

문학은 세계를 하나로 묶는 힘을 지니고 있습니다. 그중에서도 시는 문학의 정수로서 국경을 넘어 전 세계 사람들의 공감을 자아냅니다. 시의 따스함은 우리의 마음 깊숙이 스며들어 평화의 등불을 밝히고, 믿기 힘든 힘을 발휘해 사람들에게 용기와 영감을 불어넣습니다.

세계 각국의 시인과의 교류를 통해, 시 속에 담긴 인간애, 평화, 사랑, 조화, 공존의 메시지를 느끼며 우리는 우주 속에서 하나로 연결되어 있음을 실감하게 됩니다. 시인은 자신의 삶의 이야기를 아름다운 시로 승화시켜 세상과 나누며, 진정한 축복을 누립니다.

번역의 숭고한 노고 덕분에 이 아름다운 언어는 한국에만 머무르지 않고 전 세계로 확장되어, 우리는 SNS와 책을 통해 시를 국경을 넘어 나눌 수 있게 되었습니다. 저는 이러한 방식으로 많은 사람들과 소통할 수 있어 큰 행운이라 생각합니다.

이 시집의 출판은 시인 리쿠이셴의 숭고한 인류애와 국제 시 교류를 위한 헌신적인 정신에 기반을 두고 있습니다. 한국과 대만 사이에 다리를 놓아준 리쿠이셴 시인과 강병철 교수님께 진심으로 감사드립니다.

존경받는 리쿠이셴 시인님은 한국과 깊은 인연을 맺고 있습니다. 1981년 그는 《아시아 현대 시집》 발간에 참여했으며, 1986년과 1993년 서울에서 열린 아시아 시인 회의와 1990년 제12회 세계 시인 회의에 참석했습니다. 1986년 9월 아시아 시인 회의가 개최되었을 때, 그는 서울과 제주도를 방문하며 〈성산 일출봉〉이라는 시를 썼습니다. 제주도민으로서 이에 대해 깊은 영광을 느끼며, 제주도민을 대표해 감사의 인사를 드립니다.

또한, 리쿠이셴 시인은 강병철 박사의 시집 《대나무 숲의 소리》와 양금희 시집 《새들의 둥지》를 중국어로 번역해 출판했습니다. 그는 또한 2024년 9월 대만에서 열리는 저명한 담수이 포르모사 국제 시 축제에 네 명의 한국 시인을 초청하기도 했습니다. 이는 큰 영광이며, 진심으로 감사드립니다.

작년에는 강병철 박사가 번역한 리쿠이셴 시집 《대만의 형상》이 한국에서 한, 중, 영 3개 국어로 출간되었고, 한국 독자들이 리쿠이셴 시인의 모국어 작품을 만날 수 있는 기회가 주어졌습니다.

세 번이나 노벨 문학상 후보로 지명되었고 '대만의 대시인'으로 존경받는 리쿠이셴 시인은 2010년부터 대만 슈웨이 인포메이션 테크놀로지와 협력해 '명류 시총'을 기획해 왔으며, 지금까지 41권의 외국 시인의 중국어 번역 시집을 출간했습니다. 여기에는 《방글라데시 시 100편》(2017), 《서쪽으로—마케도니아 현대 시선집》(2017), 《이라크 현대 시 100편》(2017), 《알바니아 시선집》(2018), 《아르헨티나 시선집》(2019), 《하얀 자스민 일자—튀니지 현대 시선집》(2020), 《터키 시선집》(2023) 등이 포함됩니다. 오랜 기간 동안 다른 출판사에서 71권의 외국 시인의 중국어 번역 시집을 출간해 왔으며, 《독일 시선집》(1970), 《독일 현대 시선집》(1970), 《인도 현대 시선집》(1982), 《20세기 이탈리아 현대 시선집》(2003), 《인도 현대 시 금고》(2005), 《몽골 현대 시선집》(2007) 등 국가별 시선집도 포함되어 있습니다.

최근 리쿠이셴 시인은 대만 시선집을 적극적으로 외국에서 출판하고 있습니다. 대표적인 작품으로는 몽골어로 번역된 《대만의 목소리—대만 현대 시선집》(2009), 터키어 번역본 《대만의 목소리》(2010) 등이 있습니다. 또한, 중요한 출판물로는 대만 한-영 이중언어 《대만 섬의 시편》(2014), 칠레에서 한-영-중 3개 언어로 출간된 《두 반구의 시의 길》 2권(2014년과 2017년), 스페인어-한어-영어 3개 언어로 출간된 《대만의 목소리》(2017), 미국에서 한-영-터키어 3개 언어로 출판된 《대만의 새로운 목소리》(2018), 미국과 인도에서 한-영 이중언어로 발행된 《눈의 소리—대만 아름다운 섬의 시집》(2019), 같은 해 멕시코에서 스페인어 번역본 《El sonido de la nieve》가 발간되었습니다. 또한, 《바다의 사랑노래》(2020)가 미국에서 이중언어로 출판되었으며, 《대만은

명사가 아니다》(2020)가 콜롬비아에서 한-스페인어 이중
언어로 발행되었습니다. 그 외에도 멕시코에서 스페인어로
번역된 《바다에서 온 사랑 노래》(2020)와 터키어로 번역된
《터키-대만 시의 길》(2023)이 터키에서 출판되었습니다.

　저는 한국과 대만에서 한국어판 《대만 시인 20인 시집》과
중국어판 《한국 시선집》을 출판할 수 있게 되어 대단히 영광
스럽습니다. 《대만 시인 20인 시집》과 《한국 시선집》의 출간
을 위해 힘을 보태준 한국과 대만의 저명한 시인들의 숭고
한 정신과 인류애에 경의를 표합니다. 우리가 한·대만 간의
시 교류 활동과 성과를 계속 강화할 수 있기를 기원합니다.

　저는 한국과 대만 시인의 인간애와 숭고한 정신이 담긴 시
가 새로운 공존 시대를 밝히는 등불이 되기를 희망합니다.
불안한 세상에서도 시는 문학적 연대와 우정을 구축하고, 인
류애를 위해 기여하며, 세계 평화를 촉진할 수 있습니다.

　또한, 문학은 시공간을 초월하여 국가, 인종, 문자, 언어의
커다란 장벽을 극복합니다. 이러한 연계는 세계 각국의 시
인과의 교류 범위를 넓히고, 상호 간의 문학적 영감을 제공
하게 됩니다. 저는 시가 언어의 최고 미학으로서 독자들에
게 위로를 전하는 꽃이 되어, 마음의 평화를 인도하는 등대
가 되기를 바랍니다.　　　　　　　　　　2025년 1월에

양금희

한국세계문학협회 회장, 한국시문학문인회 제주지회장, 국제PEN한국본부 제
주지역위원회 회장, 《뉴제주일보》 논설위원. 제주대학교 사회과학연구소 특별
연구원, 제주특별자치도 제8기 남북교류협력위원, 18·19·20기 민주평화통
일자문회의 자문위원, 21·22·23기 통일부 통일교육위원

《20位台灣詩人詩集》前言

梁　琴　姬(韓國世界文學協會會長‧李魁賢譯)

　　文學具有團結世界的力量。形式上，詩是文學精華，超越國界，引起世界各地人民的同情心。溫暖滲入我們內心，亮起和平燈塔，發揮難以置信的力量，來激勵並賦予勇氣。

　　透過與全球各地詩人互動，在詩中傳達的人性，和平，愛，和諧，共存的訊息，讓我們感覺到我們在宇宙中團結一致。詩人將自己的生命故事提煉成優美詩篇，與世人共享，真正有福啦。

　　感謝譯詩的崇高努力，這種優美語言不拘限於韓國，而是可以延伸到全球，使我們能夠透過社交媒體和書籍，跨界共享詩。我有幸以這種方式，與許多人聯繫。

　　這些詩集的出版，基於詩人李魁賢崇高的人類愛，和他促進國際詩交流的奉獻精神。衷心感謝詩人李魁賢和姜秉哲教授在韓國和台灣之間，建立一座橋梁。

　　德高望重的詩人李魁賢與韓國有深厚的淵源。1981年他參加《亞洲現代詩集》年刊, 出席1986年和1993年在首爾舉辦的亞洲詩人會議, 以及1990年第12屆世界詩人會議。1986年9月亞洲詩人會議時, 他參訪首爾和濟州島, 在此寫下題目為〈城山日出峰〉的詩。我身為濟州島市民, 對此深感榮幸, 謹代表濟州島人民表達謝意。

此外, 詩人李魁賢將姜秉哲博士詩集《竹林颯颯》和梁琴姬詩集《鳥巢》翻譯成華語出版。他也邀請了四位韓國詩人參加2024年9月在台灣舉行的著名淡水福爾摩莎國際詩歌節。此係巨大的榮譽, 誠致衷心感謝。

去年, 姜秉哲博士翻譯的李魁賢詩集《台灣意象集》, 在韓國以韓, 漢, 英三語版本出版。讓韓國讀者有幸遇見詩人李魁賢的母語作品。

常被尊稱為「台灣大詩人」, 三度獲得諾貝爾文學獎提名的詩人李魁賢, 自2010年起與台灣秀威資訊科技股份有限公司合作, 策劃「名流詩叢」迄今已出版外國詩人漢譯詩集41冊, 其中李魁賢專注以國家為目標的詩選集, 包括例如《孟加拉詩一百首》(2017年),《遠至西方—馬其頓當代詩選》(2017年),《伊拉克現代詩一百首》(2017年),《阿爾巴尼亞詩選》(2018年),《阿根廷詩選》(2019年),《白茉莉日誌—突尼西亞當代詩選》(2020年)和《土耳其詩選》(2023年)。長久以來另由其他出版社出版外國詩人漢譯詩集71冊, 也有以國家為目標的詩選集, 包括《德國詩選》(1970年),《德國現代詩選》(1970年),《印度現代詩選》(1982年),《20世紀義大利現代詩選》(2003年),《印度現代詩金庫》(2005年),《蒙古現代詩選》(2007年)。

　　近年來, 詩人李魁賢也積極編譯台灣詩選集, 在外國出版。著名作品包括蒙古英譯本《台灣心聲—台灣現代詩選(Voices from Taiwan—An Anthology of Taiwan Modern Poetry)》(2009年), 土耳其文本《台灣心聲(Tayvan'dan Sesler)》(2010年)。其他重要出版品有台灣漢英雙語本《台灣島國詩篇(Verses in Taiwan Island)》(2014年), 智利西英漢三語本《兩半球詩路(Poetry Road Between Two Hemispheres / La Poesía Camino Entre Dos Hemisferios)》兩集(2014年和2017年)。此外, 西漢英三語本《台灣心聲(Voces desde Taiwán / Voices from Taiwan)》(2017年) 在西班牙, 而漢英土三語本《台灣新聲(New Voices From Taiwan / Tayvan'dan Yeni Sesler)》(2018年) 在美國出版。還有漢英雙語本《雪的聲音—台灣美麗島詩集(The Sound of Snow—A Poetry Anthology from Taiwan Formosa Island)》於2019年在美國和印度發行, 同年西班牙文譯本《El sonido de la nieve》在墨西哥出版。又,《海的情歌(Love Song from the Sea)》(2020年) 在美國雙語出版,《台灣不是名詞(Taiwán No Es Un Nombre)》(2020年) 漢西雙語本在哥倫比亞發行。其他著名作品包括《海的情歌(La canción de amor que llegó del mar)》(2020年) 譯成西班牙文在墨西哥出版, 以及譯成土耳其文的《土台詩路(Türkiye-Tayvan Şiir Yolu)》(2023年) 在土耳其出版。

我相信能夠在韓國和台灣分享出版韓文版《20位台灣詩人詩集》和漢文版《韓國詩選》, 大感榮幸。

　　我也要向為《20位台灣詩人詩集》和《韓國詩選》貢獻力量的韓國和台灣著名詩人的崇高精神和人類愛致敬。我們期待繼續加強韓台之間的詩交流活動和成果。

　　我希望韓國和台灣詩人充滿人類愛和崇高精神的詩, 能成為照亮新共存時代的燈塔。即使在不安的世界, 詩也可以建立文學團結和友誼, 為人類愛做出貢獻, 促進世界和平。

　　此外, 文學結合超越時空, 克服國家, 種族, 文字和語言的巨大障礙。這些聯繫擴大與世界各地詩人的交流領域, 提供彼此文學靈感。我希望詩, 作為語言的最高美學, 成為安慰讀者的花卉, 導引心平氣和的燈塔。

2025年 1月

Foreword to Publication of Poetry Book of 20 Taiwanese Poets

By Yang Geum-hee

(President of the Korean Association of World Literature)

Literature has the power to unite the world. In its form, poetry is the essence of literature, transcending national boundaries and evoking empathy in people across the globe. Its warmth penetrates our hearts, lighting a beacon of peace and wielding an incredible force to inspire and embolden us.

Through interactions with poets worldwide, the messages of humanity, peace, love, harmony, and coexistence conveyed in poetry make us feel a sense of unity within the universe. Poets distill their life stories into beautiful verses to share with the world, a true blessing.

I deeply appreciate the noble efforts in translating poetry, as this beautiful language is not confined to Korea but extends across the globe, enabling us to share poetry beyond borders through social media and books. It is my privilege to connect with many in this way.

The publication of these poetry collections is based on the profound human love of poet Mr. Lee Kuei-shien and his dedication to promoting international poetry exchange. I extend my heartfelt thanks to poet Mr. Lee Kuei-shien and Professor Kang Byeong-Cheol for building a bridge between Korea and Taiwan.

Esteemed poet Mr. Lee Kuei-shien has a deep connection with Korea. In 1981, he participated in the "Asian Modern Poetry Collection" annual, attended the Asian Poets' Conference in Seoul in 1986 and 1993, as well as the 12th World Congress of Poets in 1990. During the Asian Poets' Conference in September 1986, he visited Seoul and Jeju Island, where he composed the poem titled "Seongsan Sunrise Peak." As a resident of Jeju Island, I am deeply honored by this and express my gratitude on behalf of the people of Jeju.

Additionally, poet Mr. Lee Kuei-shien translated Dr. Kang Byeong-Cheol's poetry collection Sounds of Bamboo Forest and Yang Geum-hee's Nest of Birds into Chinese. He also invited four Korean poets to participate in the renowned Tamshui Formosa International Poetry

Festival held in Taiwan in September 2024. It is a tremendous honor, and I offer my sincere thanks.

Last year, Dr. Kang Byeong-Cheol's translation of Mr. Lee Kuei-shien's poetry collection Images of Taiwan was published in Korea in a trilingual edition of Korean, Chinese, and English, allowing Korean readers the fortune to encounter the poet's works in his native language.

Often referred to as the "Great Taiwanese Poet" and a three-time Nobel Literature Prize nominee, Mr. Lee Kuei-shien has been collaborating with Taiwan's Showwe Information Co., Ltd. since 2010, curating the "Distinguished Poetry Series." To date, he has published 41 translated poetry collections by foreign poets in Chinese, focusing on country-specific poetry anthologies, including 100 Poems from Bangladesh(2017), Far to the West—Anthology of Macedonian Contemporary Poetry(2017), 100 Modern Poems of Iraq(2017), Anthology of Albanian Poetry(2018), Anthology of Argentine Poetry(2019), Diary of White Jasmine— Anthology of Contemporary Tunisian Poetry(2020), and Anthology of Turkish Poetry(2023). In addition, other publishers have released 71 translated poetry collections by foreign poets, featuring country-specific anthologies like Anthology of German Poetry(1970), Anthology of

대만 시인 20인 시선집(20位台灣詩人詩集)

German Modern Poetry(1970), Anthology of Indian Modern Poetry(1982), Anthology of 20th-Century Italian Modern Poetry(2003), Treasury of Indian Modern Poetry(2005), and Anthology of Mongolian Modern Poetry(2007).

In recent years, poet Mr. Lee Kuei-shien has also actively compiled and translated Taiwanese poetry anthologies for publication abroad. Notable works include the Mongolian-English edition Voices from Taiwan— An Anthology of Taiwan Modern Poetry(2009) and the Turkish edition Voices from Taiwan (Tayvan'dan Sesler, 2010). Other significant publications are the Chinese-English bilingual Verses in Taiwan Island(2014), the trilingual Spanish-English-Chinese Poetry Road Between Two Hemispheres / La Poesía Camino Entre Dos Hemisferios(2014 and 2017), and the trilingual Spanish-Chinese-English Voices from Taiwan / Voces desde Taiwán(2017) published in Spain. The trilingual Chinese-English-Turkish New Voices from Taiwan / Tayvan'dan Yeni Sesler(2018) was published in the United States, while the Chinese-English bilingual The Sound of Snow—A Poetry Anthology from Taiwan Formosa Island was released in 2019 in the United States and India, with a Spanish translation El sonido de la nieve published in Mexico the same year. Other prominent works include the bilingual Love Song from the Sea(2020) in the United States, the Chinese-Spanish bilingual Taiwan Is Not a Noun(2020) in Colombia, and the Spanish translation of Love Song from the Sea (La canción de amor que llegó del mar, 2020) in Mexico, as well as the Turkish translation Türkiye-Tayvan Şiir Yolu(2023) in Turkey.

I feel truly honored to share the publication of the Korean version of Poetry Book of 20 Taiwanese Poets and the Chinese version of Anthology of Korean Poetry between Korea and Taiwan.

I also pay tribute to the noble spirit and human love of the distinguished poets from Korea and Taiwan who have contributed to the Poetry Book of 20 Taiwanese Poets and Anthology of Korean Poetry. We look forward to continuing to strengthen the exchange activities and outcomes of poetry between Korea and Taiwan.

I hope that the poems filled with human love and noble spirit by Korean and Taiwanese poets will become a beacon illuminating a new era of coexistence. Even in a restless world, poetry can establish literary solidarity and friendship, contribute to human love, and promote world peace.

Furthermore, literature transcends time and space,

overcoming the great barriers of nation, race, script, and language. These connections expand the scope of exchange with poets worldwide, providing mutual literary inspiration. I hope poetry, as the highest aesthetic of language, becomes a flower that comforts readers and a beacon guiding towards tranquility.

In January 2025

《대만 시인 20인 시선집》이
문학적 교감의 씨앗이 되기를

최 기 출(한국세계문학협회 고문)

　　대만 시인들의 작품을 한국에 번역하여 소개하는 일은 매우 뜻깊고 중요합니다. 스리랑카 대사를 역임한 경험을 바탕으로 한국세계문학협회의 고문으로서 이 사업에 도움을 줄 수 있게 되어 큰 영광입니다.

　한국과 대만은 서로 다른 역사적, 문화적 배경을 가지고 있지만, 언어와 국경을 초월한 문학은 우리에게 깊은 공감과 감동을 선사합니다. 대만 시인들의 작품을 한국어로 번역하여 한국 독자들에게 선보이는 것은 단순히 한 언어에서 다른 언어로의 전환이 아니라, 그들의 문화적 감수성과 철학을 한국 독자들과 공유하는 소중한 가교가 될 것입니다.

　대만 시인들의 시어에는 그들만의 독특한 감정, 자연에 대한 존중, 그리고 인간 존재에 대한 깊은 성찰이 담겨 있습니다. 이는 한국 문학과도 깊은 연관성을 가지며, 양국의 독자들이 서로의 문화를 이해하고 존중하는 데 크게 이바지할 것입니다. 이번에 한국에 번역되어 소개되는 작품들은 아름다움과 독창성을 겸비하고 있습니다.

이 프로젝트에 참여하신 모든 관계자분께 깊은 감사의 말씀을 드리며, 이번 시집 출간이 앞으로도 더 많은 대만과 한국 간의 문학 교류를 촉진하는 계기가 되기를 기원합니다.

대만 시인들의 목소리가 한국 독자들의 마음속에 오래도록 남아, 문학적 교감의 씨앗이 되기를 바랍니다. 다시 한번, 이 뜻깊은 작업에 함께해 주신 모든 분께 축하와 감사를 드립니다.

최기출
前 스리랑카 대사, 前 해군참모차장, 국제정치학 박사

20位台灣詩人詩集出版賀詞

崔 基 出

(前駐斯里蘭卡大使，海軍參謀次長，三星上將，政治學博士)

把台灣詩人作品翻譯介紹到韓國，是真正有意義且重要的工作。我對韓國世界文學協會出版此韓譯詩集，表示衷心祝賀。身為前駐斯里蘭卡大使，現任韓國世界文學協會顧問，我很榮幸能夠參與這項文學交流計畫，這可視為公眾外交的一種形式，以促進韓國，台灣及其他國家間的詩交流。

韓國和台灣雖然有不同的歷史和文化背景，但文學能超越語言和國界，給我們深刻的共鳴和啟發。把台灣詩人作品翻譯成韓文，不僅是語言上的轉變，也是與韓國讀者分享文化情感和哲學的寶貴橋梁。

台灣詩人的詩凝聚他們獨特的心情，對大自然的尊重，以及對人類存在的深刻反省。凡此與韓國文學有深厚連結，這些作品的交流將大大有助於兩國讀者間的相互理解和尊重。透過此翻譯介紹的作品，將抒情之美與原創性結合在一起。

　謹向所有參與此計畫的人士致最深謝意, 希望這本詩集的出版能成為未來台韓之間更多文學交流的催化劑。願台灣詩人的聲音留在韓國讀者心中, 播下文學連結的種籽。我再度向所有為這次有意義的詩交流和本書出版有貢獻的人士, 致以誠摯的祝賀和感謝。

Congratulatory Message for the Publication of the Poetry book of 20 Taiwanese Poets

By Choi Ki-chul

(Advisor to the Korean World Literature Association)

The translation and introduction of Taiwanese poets' works to Korea is a meaningful and significant endeavor. It is a great honor for me to contribute to this project, drawing on my experience as a former ambassador to Sri Lanka and now as an advisor to the Korean World Literature Association.

Though Korea and Taiwan have distinct historical and cultural backgrounds, literature transcends language and borders, offering us deep empathy and inspiration. Translating the works of Taiwanese poets into Korean is not merely a linguistic conversion but a valuable bridge to share their cultural sensibilities and philosophy with Korean readers.

The words of Taiwanese poets carry unique emotions, respect for nature, and profound reflections on human existence. This resonates deeply with Korean literature and will greatly contribute to mutual understanding and respect between the readers of both nations. The works being introduced through this translation embody both beauty and originality.

I would like to express my sincere gratitude to all those involved in this project and hope that the publication of this anthology will serve as a catalyst for more literary exchanges between Taiwan and Korea. May the voices of Taiwanese poets remain in the hearts of Korean readers, planting seeds of literary connection. Once again, I extend my heartfelt congratulations and thanks to everyone who has contributed to this meaningful endeavor.

Choi Ki-chul
Advisor to the Korean World Literature Association
Former Ambassador to Sri Lanka, Vice Chief of Naval Operations, Ph.D. in International Politics

하나의 정서로 흐르는 감동

이 희 국 (한국세계문학협회 수석부회장)

한국 세계문학협회 부회장으로서 이번 시선집 발간을 축하하게 된 것을 큰 영광으로 생각합니다. 대만 대표 시인들의 주옥같은 글 속에 담긴 심오한 의미와 아름다운 시의 향기를, 한국의 독자들에게 소개하고 교류하는 일에 보람을 느낍니다.

2차 세계대전 이후 혼란했던 세계의 역학 구도 속에서 두 나라는 정치 경제적으로 서로 돕지 못하는 상황에 있었지만, 세계사의 큰 흐름 속에서 고난을 기적처럼 극복하고 함께 선진 국가의 반열에 올랐다는 공통점이 있습니다. 대만과 대한민국은 현재에도 분단국 국민이라는 아픔을 공유하고 있고 급격한 경제발전 속에서 정신과 물질이 근본적으로 함께하지 못하는 사회문제 등, 정서적 유사점이 많다는 것도 느꼈습니다.

이 책을 빌어 오랜 세월 동안 한국을 포함한 세계 시인들의 시를 번역하여 대만에 소개한 리쿠이셴 시인님께 감사드립니다. 존경하는 리쿠이셴 박사님은 영광스럽게도 저의 영한시집 《간이역에서》에도 귀한 추천사를 보내주었습니다.

여러 대만 시인들의 시를 관심 있게 접하면서 마치 하나의 정서로 같은 혈맥이 흐르는 듯 같은 호흡과 같은 숨결을 감동으로 공유할 수 있었습니다. 대만과 한국의 시인들 간의 교류 기회가 더욱 넓혀지기를 기대하며, 문학의 품에서 손을 함께 마주 잡고 응원할 날이 오기를 기대합니다. 이번에 참여하신 대만의 대표 시인들의 문학과 애국에 대한 소중하고 간절한 염원을 함께하는 마음으로 느끼겠습니다. 또한, 이 시집을 통하여 더 많은 한국 독자들이 대만을 가까이 느끼고 사랑하게 되기를 기원합니다.

이 희 국
국제 PEN한국본부이사, 한국문인협회 재정협력위원, 한국비평가협회 부회장, 한국세계문학협회 수석부회장, 시문학문인회 부회장, 이어도문학회 회장, 월간 《문예사조》 편집위원회장.가톨릭대학교 약학대학 외래교수

20位台灣詩人詩集出版賀詞

李　熙　國(韓國世界文學協會副會長)

　　身為韓國世界文學協會副會長, 非常榮幸祝賀你們這本詩集出版。我發現向韓國讀者介紹台灣代表性詩人作品中的深刻意義和美感, 促進兩國之間有意義的文化交流, 是非常有意義的事情。

　　儘管我們兩國在二次世界大戰後動盪的世界中, 無法在政治和經濟上相互支持, 但我們有一個顯著共同點, 是奇蹟般克服逆境, 在世界歷史洪流中共同躋身先進國家行列。台灣和韓國也繼續承受分裂國家痛苦的現實。此外, 我經常注意到我們社會之間, 在情感上的相似之處, 包括在 快速經濟發展情況下, 協調精神和物質進步的挑戰。

　　藉此機會, 謹向深受尊敬的詩人李魁賢博士致以誠摯謝意, 他多年來致力於透過翻譯向台灣讀者介紹包括韓國在內的世界各地詩人作品。我也很榮幸李魁賢博士慷慨漢譯拙詩集 《在停車站》。在接觸台灣詩人作品時,

感覺到我們有共同的情感脈動和呼吸，我被這種共同的
靈感所感動。期待台灣與韓國詩人有進一步交流機會，
希望有一天我們能透過文學的團結力量，攜手支援。我
對這本詩集中傑出的台灣詩人所表達寶貴而熱情的文
學和愛國志向，深深產生共鳴。

　我也希望透過這本詩集，讓更多韓國讀者對台灣有更
親近的感受，展現深切欣賞。

Congratulatory Message on the Publication of Poetry Book of 20 Taiwanese Poets

By Lee Hee Kuk

(Vice President, Korean World Literature Association)

As the Vice President of the Korean Association of World Literature, it is a great honor to congratulate you on the publication of this poetry collection. I find it deeply rewarding to introduce the profound meanings and beauty within the works of Taiwan's representative poets to Korean readers, fostering a meaningful cultural exchange between our countries.

Although our two nations were unable to support each other politically or economically in the turbulent world following World War II, we share a remarkable commonality in having miraculously overcome adversity and risen together to the ranks of advanced nations within the larger currents of world history. Taiwan and South Korea also continue to share the painful reality of being divided nations. Additionally, I have often noticed emotional parallels between our societies, including the challenges of reconciling spiritual and material progress amid rapid economic development.

I would like to take this opportunity to express my sincere gratitude to the esteemed poet Dr. Lee Kuei-shien, who has dedicated many years to introducing the works of poets worldwide, including those from Korea, to readers in Taiwan through his translations. I am also honored that Dr. Lee Kuei-shien graciously contributed a recommendation to my own Korean-Chinese poetry collection, At the Small Station. As I engaged with the works of various Taiwanese poets, I felt as though we shared the same emotional pulse and breath, and I was moved by this shared inspiration. I look forward to further opportunities for exchange between Taiwanese and Korean poets and hope for the day when we can join hands in support through the unifying power of literature. I deeply resonate with the valuable and passionate literary and patriotic aspirations expressed by the distinguished Taiwanese poets featured in this collection.

Through this poetry book, I also hope that more Korean readers will come to feel a closer connection to and develop a deep appreciation for Taiwan.

차
례

차
례

차
례

리쿠이셴
(李魁賢, Lee Kuei-shien)

1937년 타이완(Taiwan)의 타이베이 출신으로 대만에서 최초로 노벨문학상 후보에 오른 작가이기도 하다. 대만의 대표적인 시인 중의 한 명인 리쿠이셴(李魁賢, Lee Kuei-shien) 시인은 세 번이나 노벨문학상 후보로 추천되기도 하였으며 대만 국가문화예술기금회 이사장(國家文化藝術基金會董事長)을 역임하였고, 현재 2005년 칠레에서 설립된 Movimiento Poetas del Mundo의 부회장이다. 그는 1976년부터 영국의 국제 시인 아카데미(International Academy of Poets)의 회원이 되었고 1987년에 대만 PEN을 설립했으며 조직회장을 역임했다. 국립대만문학박물관(National Museum of Taiwan Literature)은 '대만 이미지와 문학 우선'이라는 이름으로 반세기 동안 글을 써오며 타이완 문학을 세계에 알린 작가를 소개하는 '리쿠이셴 기증전'을 개최하기도 했다. 번역가, 평론가이기도 한 리쿠이셴 시인의 시는 타이완의 풍부한 이미지를 잘 드러내고 있다.

영역된 작품들은 〈Love is my Faith〉(愛是我的信仰), 〈Beauty of Tenderness〉(溫柔的美感), 〈Between Islands〉(島與島之間), 〈The Hour of Twilight〉(黃昏時刻), 〈20 Love Poems to Chile〉(給智利的情詩20首), 〈Existence or Non-existence〉(存在或不存在), 〈Response〉(感應), 〈Sculpture & Poetry〉(彫塑詩集), 〈Two Strings〉(兩弦), 〈Sunrise and Sunset〉(日出日落) and 〈Selected Poems by Lee Kuei-shien〉(李魁賢英詩選集) 등이 있으며 한국어 번역본은 2016년에 발간된 《노을이 질 때》(黃昏時刻)와 2024년에 발간된 제16시집 《台灣意象集(대만의 형상)》이 있다. 그는 인도, 몽골, 한국, 방글라데시, 마케도니아, 페루, 몬테네그로, 세르비아 등에서 국제문학상을 받았다.

리쿠이셴 시인은 53권의 시집을 발간하였으며, 그의 작품들은 일본, 한국, 캐나다, 뉴질랜드, 네덜란드, 유고슬라비아, 루마니아, 인도, 그리스, 리투아니아, 미국, 스페인, 브라질, 몽고, 러시아, 쿠바, 칠레, 폴란드, 니카라과, 방글라데시, 마케도니아, 세르비아, 코소보, 터키, 포르투갈, 말레이시아, 이탈리아, 멕시코, 콜롬비아 등에서 번역되었다.

李魁賢, 1937年出生, 國家文化藝術基金會董事長退休, 現任世界詩人運動組織副會長, 已出版62本不同語文的詩集, 包括華文, 日文, 英文, 葡萄牙文, 蒙古文, 羅馬尼亞文, 俄文, 西班牙文, 法文, 韓文, 孟加拉文, 塞爾維亞文, 土耳其文, 阿爾巴尼亞文, 阿拉伯文, 德文和印地文。詩創作成就獲得許多國際獎項, 包含印度, 蒙古, 韓國, 孟加拉, 馬其頓, 祕魯, 蒙特內哥羅, 塞爾維亞和美國等國。韓譯詩集有《黃昏時刻》(2016),《台灣意象集》(2024)。

나의 대만, 나의 희망

아침 새소리에 당신의 목소리가 들립니다.
나는 정오의 햇살 속에서 당신의 열정을 느낍니다.
나는 노을빛 속에서 당신의 우아한 태도를 봅니다.
아, 대만, 내 고향, 내 사랑.

해안에는 곡선이 있습니다.
파도가 당신의 격정을 가지고 있습니다.
구름에는 당신의 가벼움이 있습니다.
꽃에는 당신의 자세가 있습니다.
잎에는 항상 있는 신선함이 있습니다.
숲에는 당신의 용감함이 있습니다.
기초에는 견고함이 있습니다.
산에는 당신의 숭고함이 있습니다.
시냇물에는 구불구불한 흐름이 있습니다.
바위에는 당신의 강인함이 있습니다.
도로에는 견고함이 있습니다.
오, 대만, 나의 땅, 나의 꿈.

당신의 폐에는 내 숨결이 있습니다.

당신의 역사 속에 나의 삶이 있습니다.
당신의 존재 안에 나의 의식이 있습니다.
아, 대만, 나의 조국, 나의 희망.

我的台灣 我的希望

從早晨的鳥鳴聽到你的聲音

從中午的陽光感到你的熱情

從黃昏的彩霞看到你的丰采

台灣　　我的家鄉　　我的愛

海岸有你的曲折

波浪有你的澎湃

雲朵有你的飄逸

花卉有你的姿影

樹葉有你的常青

林木有你的魁梧

根基有你的磐固

山脈有你的聳立

溪流有你的蜿蜒

岩石有你的磊落

道路有你的崎嶇

台灣　　我的土地　　我的夢

你的心肺有我的呼吸

你的歷史有我的生命
你的存在有我的意識
台灣　　我的國家　　我的希望

My Taiwan, My Hope

I hear your voice in the morning birdsong.
I feel your passion in the noon sunshine.
I see your elegant demeanor in the sunset glow.
Oh, Taiwan, my hometown, my love.

The coasts have your curve.
The waves have your surge.
The clouds have your lightness.
The flowers have your posture.
The leaves have your evergreen.
The woods have your burliness.
The foundations have your sturdiness.
The mountains have your loftiness.
The streams have your meandering.
The rocks have your stoutness.
The roads have your ruggedness.
Oh, Taiwan, my land, my dream.

In your lung there is my breath.

대만 시인 20인 시선집(20位台灣詩人詩集)

In your history there is my life.

In your being there is my consciousness.

Oh, Taiwan, my country, my hope.

자유조

나는 태어났지.
자유로운 새로,
목련 가지에
둥지를 틀고
계절을 찬양하지.
대만의 포모사 섬에서,
나의 영원한 조국,
독립을 기리며
나는 투옥의 위협에 직면했지.
내 친구들은 감옥에 갇혔어.
식민 지배 아래 포로가 되어
다른 많은 친구가 있었지.
감옥 밖에
사회에 포로가 되어
함부로 말할 수 없었지.
말하고 싶어
많은 대만인이 피해를 봤다는 것을
실어증으로
나는 시에서 찾았다.

새의 언어로,

꽃향기로

섬의 아름다움과 슬픔을 기록하는 것이

연결되어 시가 되고,

바깥세상을 향한 창을 찾았고,

그것은 광대한 공간이었고

자유롭게 날 수 있었어.

처음에는 사랑을 찬양하였고

그래 나에겐 두 개의 영혼이 있어.

두 개의 현을 조화롭게 연주하기 위해

하나의 같은 가락으로.

당신 사랑의 포로수용소에서

나는 새들의 언어를 자유롭게 들으며

기꺼이 당신의 포로가 될 거야.

리쿠이센(李魁賢, Lee Kuei-shien)

自由鳥

我天生是

一隻自由鳥

歌唱四季

在我棲息的

玉蘭花樹枝上

在我終生不離不棄的

台灣美麗島

歌唱獨立

面臨囚禁的威脅

我的朋友被關入監獄裡

成為殖民威權的俘虜

還有許多朋友

是在監獄外

不能隨意言語的

社會俘虜

我想告訴妳

許多台灣人都患過

失語症

我在詩裡挖掘

鳥語的鄉音

用花香

記錄島上的美麗與哀愁

連結成詩

找到世界窗口

那是廣大的空間

可以自由飛翔

開始歌唱愛

是的，我擁有兩個心靈

以兩條和諧的琴弦

拉出同一旋律

在妳的俘虜營

可自由諦聽鳥語

我自願成為妳的俘虜

Free Bird

I am born
A free bird,
On my habitat of
The magnolia branches
In praise of seasons.
On formosa island taiwan
Never parted or given up for life,
I sing of independence
Facing with the threat of imprisoned.
My friends were jailed
Becoming the prisoners under colonial power,
There are many other friends
At outside the jail
Be captives in the society
Not allowable to speak at will.
I want tell you
Many taiwanese have been suffered
From aphasia.
I searched in poetry

The mother tongue of birds,

By means of the fragrance of flowers

To record the beauty and mourning on the island

Connected to become poetry,

Found the window towards outside world,

That is a vast space

Available for flying freely

For beginning to praise love.

Yes, i have two souls

To play one same melody

With two harmonious strings.

In the captive camp of your love

I am free listening to the languages of birds

Willing to become your captive.

시의 길

시의 길은
새로운 길이지,
통행하는 길이야.
너에게서 나에게 오는
길을 따라
종달새가 노래하고.
허공에서
제비들이 날아다니지.
숲에서는
난초가 꽃을 피우고.
신기하게도
무화과가,
직접 나무줄기에서
열매를 맺네,
개화기를 건너뛰어.
아! 시란 그런 것이지!
길에서
나는 찾아내네
사랑을.

대만 시인 20인 시선집(20位台灣詩人詩集)

詩路

詩路

是一條新路

從妳到我

的交通

沿路

有百靈鳥在唱

空中

有燕子在飛

林間

有蘭花在開

多麼奇異的是

看到無花果

不需經過開花階段

直接結果在

樹幹上

那是詩呀

路上

我發現

愛

Poetry Road

Poetry road

Is a new path,

The traffic

From you to me.

Along the road

There are larks singing.

In the air

There are swallows flying.

Among the forests

There are orchids blooming.

What strange enough is

The fig,

Its fruits directly growing

On the trunk,

Without passing the flowering stage.

Ah, that is the poetry!

On the road

I find

Love.

장쯔룽
(莊紫蓉, Chuang Tze-Jung)

장쯔룽(莊紫蓉) 시인은 1948년생으로 대만 운림현(雲林縣)에 거주하고 있다. 타이중시에 있는 사립 대학인 둥하이대학(東海大學)을 졸업하고 26년간 중학교 교사로 재직했다. 1997년부터 문학인들을 개별 면담해 9년간 취재한 결과물인《廖清秀苦學與寫作》을 2004년 7월에 타이베이 주 문화국에서 출간했다. 2007년에는 Taiwan Wu San Lian Historical Foundation에서《面對作家─台灣文學家訪談錄》3쇄본을 출간했다. 2020년 8월에 시집《가을의 속삭임(Whispers of Autumn)》을 출간했다.

莊紫蓉, 台灣雲林縣北港人, 1948年出生於嘉義 , 現住新北市北投區, 台中東海大學畢業 , 曾任國中教師26年, 直到退休。撰述口述歷史《廖清秀苦學與寫作》(台北縣政府文化局出版, 2004年7月)。歷時9年訪談作家, 撰寫《面對作家─台灣文學家訪談錄》三冊(2007年吳三連台灣史料基金會出版)。2020年8月出版詩集《秋的低語》。

비 내리는 단수이(淡水河)강

산들바람이 불고 이슬이 내릴 때
담강대학교 학생들은 여전히
붉은 벽과 검은 벽돌의 교실에서
그들의 삶의 이야기를 연출한다.
창밖의
푸른 잔디에
작은 꽃이
그 작은 몸을 움츠리고,
꽃잎 위에서 이슬 한 방울
이리저리 돌아다닌다.
바람이 그걸 보고 고개를 저으며 말한다.
"영원한 집은 없어."
이슬방울이 풀밭 위로 굴러떨어져
햇살을 따라 사라진다.

바람이 불기 시작하면,
먹구름이 해를 덮는다.
비가 온다,
꽃잎은 열망하는 작은 얼굴을 들어 올려

환영한다
달콤한 이슬을.

한 마리의 백로가
푸른 잔디 위에 서 있다
오랫동안 움직이지 않고.
갑자기 노래가 명확하게 들린다:
"관음산과 대둔산이 푸른 하늘을 세우고
단수이강 수면에는 잔물결 하나 없네."*1
"오, 대만, 나의 조국, 나의 희망."*2
소리가 먼 곳에서 가까운 곳으로 오고,
그 백로는 열정적인 노래에 용기를 얻는다.
마침내 날개를 퍼덕이며
높이 날아오른다.

* 1. Tu Tsung-ming 박사의 구절에서 발췌
* 2. Lee Kuei-shien 시인의 시에서 발췌

雨中淡江

微風吹動雨絲
淡江學子依舊在
紅牆黑瓦的教室
演繹生命的故事
窗外
翠綠的草地上
一朵小花
小小的身子瑟縮著
花瓣上一滴露水
徘徊　流連
風看到了　搖搖頭說
沒有永遠的住家
露水滾落草地
跟著陽光走了

起風了
烏雲遮住陽光
雨來了
花瓣抬起渴盼的小臉

迎接

甘露

一隻白鷺鷥

站在翠綠的草地

久久不動　忽然

聽到清晰的吟唱:

「觀音大屯青天立/水面淡江萬里平」[*1]

「台灣　我的國家　我的希望」[*2]

一聲聲由遠而近

熱情的歌聲鼓舞了伊　終於

振翅

翺翔

Tamsui River in the Rain

When the breeze is blowing the drizzles

The students of tamkang university are still here

In classroom with red walls and black tiles

To perform the story of their lives.

Outside the window

On green grass

A little flower

Winces its little body,

A dewdrop on the petal

Wanders around.

The wind notices it and says with shaking head

"There is no permanent home."

The dewdrops roll down onto the grass

And disappear following the sunshine.

It is getting windy,

Dark clouds cover the sun.

It is raining,

The petals lift up the eager little faces

To welcome

The sweet dews.

An egret

Stands on the green grass

Without moving for a long time.

Suddenly, the chants are clearly heard::

"Guanyin and datun mounts erect the blue sky,

No ripples on water surface of tamsui river."[1]

"Oh, taiwan, my country, my hope."[2]

The sounds come from far to near,

That egret is encouraged by the passionate song.

Finally, it flutters its wings

To fly hovering on high.

* 1. Excerpted from the verses by Dr. Tu Tsung-ming.
* 2. Excerpted from the verse by Lee Kuei-shien.

한 줄기 바람이 불어오네

바람이 한 줄기 불어오네.
부드러운 한숨과 함께
시든 노란 잎 하나가 떨어지네.
나무 위의 푸른 잎들이 서로 다투며
손을 뻗어 보지만 너무 늦어 잡지 못하고,
죽은 잎은 결국 진흙 위에 조용히 놓여
나무를 아쉬운 눈으로 바라보네.
바람에 춤추며
햇빛 아래 밝게 빛나는 잎들.
나뭇가지 위의 동박새들이
생명의 노래를 지저귀네.

먹구름이 지나가고,
소나기가 나무에 쏟아져도, 푸른 잎들은
가슴을 당당히 내밀고 바람과 비를 두려워하지 않네.

바람과 비가 점차 잦아들고 햇살이 다시 돌아오고
나무 위의 잎들은
초록빛을 발산하네.

대만 시인 20인 시선집(20位台灣詩人詩集)

진흙 위에 놓인 죽은 잎들은
마침내 눈을 편히 감고
평온히 안식하네.

一陣風吹過

一陣風吹過
隨著輕輕的嘆息聲
一片枯黃的葉子飄落
樹上的綠葉爭相伸手
來不及抓住　枯葉
終於靜靜躺在泥土上
不捨地仰望　樹上
一片片葉子隨風舞動
在陽光下閃現耀眼的光芒
綠繡眼在枝頭
啁啾著生命之歌

一片烏雲飄過
驟雨打在樹上　綠葉
不畏風雨　紛紛挺起胸膛

風雨漸歇　陽光再現
樹上的葉子綻放
綠色光芒

靜躺在泥地上的枯葉

終於放心地闔上眼

安息

A Gust of Wind Blows

A gust of wind blows.

Follow with a gentle sigh

A withered yellow leaf falls.

The green leaves on the trees are vying

To stretch out their hands but too late to catch,

The dead leaves at last lie quietly on the mud

Looking up at the tree reluctantly

With the leaves dancing in the wind

And shining brightly under the sunshine.

Swinhoe's white eye birds on the branches

Chirp the song of life.

A dark cloud passed by,

Then showers hit on the trees, and their green leaves

Held chests high, not afraid of the wind and rain.

The wind and rain gradually subside and the sunshine
returns.

The leaves on the trees

Radiate green light.

The dead leaves lying on the mud

Finally closed their eyes at easy

Rest in peace.

그대가 단수이(淡水河)강 가에 선다면

그대가 단수이(淡水河)강 가에 선다면
눈을 들어 해변 너머 관음산을 보라.
조용히 그대를 기다리고 있으니
그대 가슴에 가득 찬 슬픔을 풀어
천천히 흐르는 강물에 흘려보내라.
넓고 넓은 바다로 흘러가게

그대가 단수이(淡水河)강 가에 선다면
급한 발걸음 멈추고
저 먼 곳을 바라보라.
천천히 져가는 해를 보며
바다와 하늘이 붉게 이어져 가는 것을 보라.

그대가 단수이(淡水河)강 가에 선다면
부드러운 물이 상처를 씻을 수 있다는 것을 믿고
조용히 앉아서
시의 노래를 들어라.
시의 힘을
아름다움을

대만 시인 20인 시선집(20位台灣詩人詩集)

如果妳在淡水河邊

如果妳在淡水河邊
請抬眼面向彼岸的觀音山
默默地等妳
抒放胸中滿滿的憂傷
隨著悠悠河水流向
廣闊的大海
如果妳在淡水河邊
請暫停急急奔走的腳步
望向遠方
欣賞日頭漸漸沉落
海天相連的紅霞
如果妳在淡水河邊
請相信水的溫柔可以療傷
靜靜坐下
聆聽詩人的吟唱　　感受
詩的力量　　以及

장쯔룽(莊紫蓉, Chuang Tze-Jung)

If You Are by the Tamsui River

If you are by the Tamsui River

Please lift your gaze to Mount Guanyin across the

shore

Silently waiting for you

Release the sadness that fills your chest

Let it flow along the unhurried river

Toward the wide and open sea

If you are by the Tamsui River

Please still your urgent footsteps

And look out afar

Appreciate the sun as it slowly sets

The red afterglow that links the sea to the sky

If you are by the Tamsui River

Please believe that the gentleness of the water can heal

wounds

Sit down silently

Listen for the song of the poet feel

The power of poetry and
Beauty

<Translated by Emily Deasy>

린펑밍
(林豐明, Lin Fong-ming)

린펑밍(林豐明) 시인은 1948년 타이완 윈린현에서 태어났다. 그는 까오슝 공과대학 기계공학과를 졸업하였으며 1972년부터 타이완 시멘트 회사에서 근무하였고, 2005년에 화롄 공장 공장장 직위에서 퇴직하였다. 현재 화롄에 거주 중이다. 리 시회 회원이며, '우줘류 신시상(Wu Zhuo-liu New Poetry Award)'을 수상하였다. 그의 출판물로는 시집《지평선(地平線)》,《블랙박스(黑盒子)》,《원망 부부(怨偶)》,《대만 시인 선집 - 린 펑밍 시집(台灣詩人選集—林豐明集)》,《흑백조 사건(黑白鳥事)》,《모퉁이에서 들려오는 목소리(角落的聲音)》와 에세이《적도 이웃(赤道鄰居)》,《타이완 시멘트 회사 화롄 공장 이야기(花泥春秋)》,《고대 이름 시카수안(荳蘭過去七脚川)》등이 있다.

진상

늘 그리 생각해 왔었지.
깊은 층에서 파내어
다듬고
회색 어둠의 겉을 벗겨내면
진정한 색이
드러날 것이라고.

오직 고압에서 결정화되고
오랜 세월 묻혀 있어야만
세상의 시선을 끄는 것이
그저 또 하나의
가공된
탄소에 불과하다는 것을
이제는 이해할 수 있어.

真相

一向以為

從深層挖出

經過琢磨

祛除灰暗的外表之後

就呈現

本來面目

只有在高壓下結晶

沉埋長久歲月

才能了解

吸引世人眼光的

不過是另一個

加工過的

碳

The Truth

Have been always thought
That after dug out from deep layer
Through polishing
Removing the gray dark outside
It will appear
True colors.

Only that have been crystallized under high pressure
And buried for long long years
Can able to understand
What attracts the world attention
Are nothing but another
Processed
Carbon.

영공

먹이가 영공을 결정한다,
독수리의 먹이가 있는 곳에 영공이 있다.

영공이 먹이를 결정한다,
비둘기의 영공이 있는 곳에 먹이가 있다.

독수리의 영공은 고도 100미터에 있다.
비둘기의 영공은 고도 50미터에 있다.
영공의 중간선은 고도 75미터에 있다.

중간선은 실제로 존재한다,
비둘기가 날아오를 때 절대 가까이 가지 않는다.

중간선은 허구이다,
독수리는 날아오르면 언제든지 이를 넘을 수 있다.

린펑밍(林豐明, Lin Fong-ming)

領空

食物決定領空
老鷹的食物在那裡領空就到那裡

領空決定食物
鴿子的領空到那裡食物就在那裡

老鷹的領空高一百米
鴿子的領空高五十米
領空中線高七十五米

中線是實存的
鴿子升空從未接近

中線是虛構的
老鷹起飛隨時穿越

The Airspace

The food determines the airspace,
Wherever the eagle's food is, the airspace is there.

The airspace determines the food,
Wherever the pigeon's airspace is, the food is there.

The airspace of the eagle has an altitude of 100 meters.
The airspace of pigeons has an altitude of 50 meters.
The middle line of the airspace has an altitude of 75
meters.

The middle line is real existed,
The pigeon takes off never closed to it.

The middle line is fictitious,
The eagle takes off able to cross it any time.

린펑밍(林豐明, Lin Fong-ming)

매듭

서로가
언제부터
다른 파의 적이 되었을까?
더는 뚜렷이 기억나지 않는다.

어떤 일로 인해
얽히고설켜
설명할 수 없는 다툼이 되었을까?
사실, 이제는 중요하지 않다.

밧줄 양 끝에서
서로를 향해 다가가며,
서로를 상처 입히는 수많은 마찰 끝에
이미 오래전에
만나야 할 지점을 놓쳤다.

스스로가 또 다른
위대한 정복자라 생각하지만
오직 평행한 두 줄이 되어야만

이 세기의 매듭을 풀 수 있다는 걸
그것을 인정할 지혜가 부족하다.

린펑밍(林豐明, Lin Fong-ming)

結

什麼時候開始
彼此成為
對方的敵人
都不復明確記憶了

為了什麼
更是盤根錯節
無從釐清的糾葛
其實也不再重要了

由一條繩子的兩端
持續朝對方前進
在無數次傷害彼此的磨擦之後
早已錯失了
應該相會的那一點

以為自己是另一個
偉大的征服者
卻沒有智慧承認

只有讓它成為二條平行的繩子
才能解開這百年的結

A Knot

When does each other

Begin to become

Enemy of the other party?

It cannot remember clearly anymore.

For what matter

It is tangled and intricate

To becomes unexplainable disputes?

In fact, it's no more important.

From both ends of a rope

Keep moving towards the opponent,

After countless frictions that hurt each other

It has early already missed

The point should be encountered.

Thinking oneself is an another

Great conqueror

But has no enough wisdom to admit it,

Only let it to become two parallel ropes

Can untie this century knot.

린펑밍(林豐明, Lin Fong-ming)

귀청이
(郭成義, Kuo Cheng-yi)

귀청이(郭成義) 시인은 1950년 타이완 기룽에서 태어나 출판사와 잡지사에서 일했으며 신문사에서 은퇴했다. 그는 《시인의 집(詩人坊)》과 《리시잡지(笠詩刊)》의 편집장을 역임하였다. 그의 출판물로는 시집 《장미의 혈흔(薔薇的血跡)》(1975), 《타이완 민속의 우울(台灣民謠的苦悶)》(1986), 《고향(國土)》(2009), 《우리 재스민(我們茉莉花)》(2011), 시, 산문, 단편소설 모음집 《장미의 재단(薔薇的剪裁)》(2011), 그리고 비평 에세이 《서정적 즐거움에서 반예술적 사상으로(從抒情趣味到反藝術思想)》(1984), 《시인의 작업(詩人的作業)》(2011) 등이 있다.

태풍

거센 바람과 쏟아지는 비
거대한 파도를 일으키며
해안에서 산맥을 가로지른다.
기상 예보:
시민들은 엄중히 대비해야 한다.

흙모래가 유출하여
거센 진흙이 산을 뒤덮는다.
기상 예보:
시민들은 주의해야 한다.
장편의
식민지의 어두운 역사가
묻히고 있다.
도로에는 물이 강처럼 고이고
전체가 거대한 바다처럼 물바다이다.
기상 예보:
시민들은 조심해야 한다.
학살된 유적이
물에 잠기고 있다.

바람이 멈추고 비가 그쳤다.
기상 예보:
태풍은 화남으로 방향을 틀었다.
햇살이 곧 비출 것이다.
거리는 다시 깨끗해질 것이다.
사람들은 재난을 청소하기 시작한다.

나는 떠내려가는 시체를 보았다.
그가 천천히 화남 해안으로 흘러가고 있다.
그의 중원은
우리에게 작별을 고하고 있다.

颱風

狂風暴雨

捲起萬丈巨浪

從海岸穿越山脈

氣象預報：

民眾應嚴加戒備

夾帶土石流

滾滾泥漿排山倒海

氣象預報：

民眾應慎防

一部長篇累牘

殖民的黑暗史

被掩埋

路上積水成河

一片汪洋

氣象預報：

民眾應當心

被屠殺的遺跡

遭淹沒

風停雨歇
氣象預報：
颱風轉往華南
陽光即將普照
街道將恢復乾淨
人們開始清洗災情

我看見一具漂流屍
緩緩流向華南海岸
他的中原
向我們告別

Typhoon

A violent storm
Rolls up huge waves
Passing from the coast through the mountains.
Weather forecast:
People should be on strict alert.

It entrains landslide,
The rolling muds rush down.
Weather forecast:
People should be careful
A lengthy document about
The dark history of colonization
To be buried.

Water accumulates on the road to become a river
Overall flooded as a vast ocean,
Weather forecast:
People should beware for
The historical remains of the massacre accident

대만 시인 20인 시선집(20位台灣詩人詩集)

To be submerged.

The wind stops and the rain ceases.

Weather forecast:

Typhoon turns to South China,

The sun is about to shine,

The streets will be recovered to dry and neat.

People began to clean up the disaster.

I find a drifting corpse

Flowing slowly towards the South China coast.

Its central plain

Says farewell to us.

왕조

어제의 옷에는
열정 뒤의 땀 냄새와
호텔 여인의 향기가 남아 있었지만
곧 씻겨 나갔다.

건조대에 걸려 있는 옷을
나는 고개 숙여 바라본다.
아내는 무심한 표정을
찬바람이 스며들어
나는 은근히 떨린다.

나의 충성 기록은
아내의 손에 쥐어져 있고
나는 전전긍긍한다.
권위주의 정부의
숙청 수단을 잘 알고 있기 때문이다.

하루하루
나는 여전히 이렇게 살아간다.

겉으로는 강하고
내면은 유순하게
옷을 하나씩 갈아입지만
여전히
아내가 걸어 놓은 왕조 속에 있다.

朝代

昨日的衣服

有激情後的汗臭

還有酒店的女人香

很快被清洗掉了

吊掛在曬衣架上

我垂頭看著

妻子不動聲色的表情

感覺冷風襲擊

我隱隱顫抖

我的忠誠記錄

掌握在她手上

我提心吊膽

深知威權政府

整肅的手段

日復一日

我依然這樣過日子

外表剛強
内心柔順
衣服一件換過一件
猶原是
被妻子吊掛的朝代

귀청이(郭成義, Kuo Cheng-yi)

Dynasty

The clothes wore in yesterday

Are stained with smell of sweat after passion

Also the scent of hotel's feminine,

All are quickly washed clean.

The clothes are hung on a drying rack.

My face look down at

The deadpan expression of my wife,

I feel the cold wind blowing

To make me trembling faintly.

My record of loyalty

Has been controlled in her hands,

I'm worried

Because I understand the means of political purge

Practiced by the authoritarian government.

Day by day

I have been living like present state,

Appearance being strong

While inner weakness.

The clothes are changed one after another,

It is still in the dynasty

Hung on by my wife.

상처

한겨울
창백한 피부에
피가 스며들어
살점에 감싸여
떨어지지 않으려 한다.

갈라진 상처는
동상의 역사를 드러내며
은은한 통증을 준다.
이미 예순 해, 일흔 해
심지어 사백 년,
그보다 더 오래된 것일지도 모른다.

찬바람이
하늘 너머에서 불어오는 눈보라가
경계 없이 몰아쳐서
순간 뼛속까지 찔러 들어온다.
예순 해, 일흔 해 동안
심지어 사백 년,

대만 시인 20인 시선집(20位台灣詩人詩集)

그보다 더 오래된 것일지도 모른다.

아득한 옛날의 빙하기에
이미 탄생한 상처
피부에 생긴 자국이 드러난다.
내부에는
따뜻함이 감싸고 있다.

살며시 어루만지며
살며시 어루만지며
태양이 떠오를 때
미소를 지으며 햇볕에 잠시 내놓으면
점차 치유될 것이다.

傷口

寒冬

泛白的皮膚

滲出一些血絲

包覆著生肉

不願分離

龜裂的傷口

是被凍傷的歷史

隱隱作痛

那是六十年　七十年

甚至四百年

甚至更久了吧

寒風

天外的飛雪

無疆域的吹襲

瞬間刺進骨頭

痛了六十年　七十年

甚至四百年

甚至更久了吧

亙古的冰河
就已誕生的創傷
顯出肌理的生紋
內裡包覆著
溫暖

輕輕撫摸著
輕輕撫摸著
太陽出來的時候
露著笑容曝曬一下
漸漸就會痊癒

Wound

In cold winter
My pale skin
Oozes out some blood streaks
Wrapped over raw meat
Unwilling to separate.

The cracked wound
Discloses a history of frostbite
In dull pain,
That has been sixty or seventy years
Even four hundred years,
And might be any longer.

The cold wind
With blowing snow from outside the sky
Invades domain limitless
And pierces into the bone instantly.
It has been sixty or seventy years
Even four hundred years,

And might be any longer.

The trauma that was already happened
From eternal glacier period
Reveals the textured pattern of raw meat
Wrapped warm
Inside.

I caress gently.
I caress gently.
When the sun comes out
And shows off with a smile to shine,
It will gradually get well.

캐서린 옌
(顔雪花, Catherine Yen)

옌쉐화(顔雪花) 시인은 타이난시(台南市) 출신으로 현재 '아시아문화협회 대만재단남삼
삼소집회의 집행장(亞洲文化協會台灣基金會南三三小集執行長)'이다. 그녀는 대만과 영국의
중국어 문학 창작 및 중국어와 대만어 문학의 영어 번역을 전문으로 하며, 예술 수집가
이자 평론가로도 활동하고 있다. 또한, 가오슝 시립미술관의 소장 위원으로 활동하고
있으며, 과거 국가문화예술재단의 시각 예술 프로젝트 심사위원으로도 활동한 바 있다.
불광산 불교 미술 도감의 중영 번역을 수행하였고, IBM에서 은퇴하였다. 2013년에는
'오탁류 문학 신시 부문(吳濁流文學新詩)'에서 대상을 받았다. 그녀의 시집으로는 《천년의
깊이(千年之深)》와 《빛의 화살 위에 서서(踦竹光箭頂的詩)》가 있다.

산등성이, 나의 마지막 서 있는 위치

산등성이가 나의 마지막 서 있는 위치이다.
노래는 크고 분명하게 울린다.
꿈에서 들어본 적이 있다.
나는 그 과거와 미래를 들었다.
스쳐 지나가니
그 소리는 사라지면서 연약해졌다.
날카로운 독수리의 눈
태양을 더는 보지 않는다.

아라왕*,
한때 부족이 자연과 대화를 나누던 장소
깊은 망각
조상들의 발자취가 희미하다.
길은 검고 평평하다.
무거운 발걸음
더는 발자국을 남기지 않는다.

산에 매달리기 어렵다.
그러나 나는 그것이 심오하다는 것을 안다.

맑은 시냇물

나에게 거슬러 올라가는 용기를 가르쳐준다.

무서운 태풍

천지에 대한 경외심을 갖게 한다.

그 애처로운 노래는

바람의 소리

시냇물의 소리

파도의 소리

바다를 바라보며

느린 춤을 춘다

허공을 떠도는 파도에서 나오는 나의 발걸음

산등성이가 나의 마지막 서 있는 위치이다.

해안가의 암초는

안정적으로 서 있을 수 없다.

바다와 언덕 사이의 해안선은

나의 발자국을 볼 수도 없고

집으로 가는 길을 찾을 수도 없다.

캐서린 옌(顔雪花, Catherine Yen)   121

산등성이를 걷고
수면 위를 떠다니며
피와 근육을 뛰어넘는다.
부족의 유일한 울부짖음은
깨지 않은 꿈속의 목소리이다.
굳건히 과거와 현재를 오간다.

* 아라왕: 고대 부족의 지명

山稜線是我最後站立的位置

嘹亮的歌聲

曾在夢中聽到

聽到過去與未來

擦身而過

變成瘖啞與脆弱

老鷹銳利的眼睛

再也看不到太陽

Arawang*,

曾經是部落與大自然對話的地方

遺忘太深

祖先的足跡已逐漸模糊

黑色平坦的路上

用力踏踩

卻無法留下腳印

山很難親近

我知道它的深奧

溪水清澈

讓我學習溯源的勇氣

颱風令人懼怕

使我懂得敬畏天地

那動人的歌聲啊!

是風的聲音

是溪水的聲音

是海浪的聲音

瞭望海洋

緩緩起舞

我的舞步來自海浪

山稜線是我最後站立的位置

海邊的礁岩

再也站不穩

山海中間的海岸線

看不到我的腳印

找不到回家的路

走在山稜線上
浮在海平面上
血液與肌肉跳躍
部落唯一的吶喊
是夢中無法醒的聲音
高亢地穿梭古今

* Arawang：古老部落名。

The Ridge Line, My Final Standing Position

The song is loud and clear

Has ever been heard in the dream

I have heard its past and future

A brush past

It became mute and vulnerable

Sharp the eagle eyes

Seeing the sun no more

Arawang*,

Once a place to dialogue with the nature for the tribe

Deep the forgetfulness

Obscure the ancestor's footsteps

The road is black and flat

Heavy the tramp

Can leave no footprints any more

Difficult the mountain to cling to

But I know it's esoteric

The clear stream

Let me learn the courage in traceability

Fearful the typhoon

Keep me in awe of heaven and earth

That pathetic song

Is a sound of the wind

A sound of the stream

A sound of the waves

Look over the ocean

A slow dance

My steps from the waves wandering in the waste sea

The ridge line is my final standing position

The reef along the seaside

Can not stand stably

The coastline amid the ocean and the hill

Can neither see my footprints

Nor find the way home

캐서린 옌(顏雪花, Catherine Yen)   127

Walking in the mountain ridges

Floating over the waterline

Leaping the blood and the muscle

The only howl of the tribe

Is the voice in a dream unawakened

Indomitably shuttled the past and present

* Arawang: location name of an ancient tribe

시

시란 그저
손을 사용해
아이의 투명한 눈을 가진 뺨을
살며시 감싸는 것이다. 비둘기처럼
숨을 낮춰
나방의 날개를 방해하지 않도록
귀에 가만히 속삭인다: "봐!"

시란 그저
주먹을 사용해
잔인한 위선과 오만함을
청동 기사 좌석 아래에서
강하게 날려버리는 것이다.
천둥 같은 목소리로
타락한 세상을 쓸어버리며
새로운 손가락으로
멀리 가리키는 것이다.

詩

一首詩　只是
用你的雙手　輕輕捧著
孩子如鴿子晶透眼瞳的臉頰
壓低你的呼吸　以免
驚動一隻飛蛾的翅　耳語說：
「看」

一首詩　只是
用你的雙拳　重重擊向
青銅騎士座下撒野的矯情與僭越
用你如雷的聲音　清掃
一個消退的世界
用新的手指　指向遠方

The Poetry

A poem is only

Using your hand

To hold gently

A child's cheek with the translucent eyes as pigeon

Lower your breathing

So as not to

Disturb the wings of a moth

Whisper in the ear lightly:

"Look!"

A poem is only

Using your fists

To blow heavily to

The atrocious hypocrisy and insolence

Under the seat of the knight in bronze

Using your voice like the thunder

To sweep a degenerated world

Pointing to the distance

With a new finger

캐서린 엔(顏雪花, Catherine Yen)   131

파일 캐비닛

거대한 파일 캐비닛
벽 한가운데 서 있고
문이 활짝 열려 있다.
마치 노인이 옷을 벗어
주름과 피로의 몸을 드러낸 듯이

많은 파일이 조사 보고서에 스테이플러로 고정되어 있다.
새로운 번호로 다시 검사받는다.
결국 지시와 주석이 달린다.
종이 네 귀퉁이가 휘어지고
영원히 보관된다.

어느 날
갑자기 입을 열고 목소리를 낸다.
소음이 섞여 있다.
아이들의 흐느낌
여성들의 신음

말다툼, 욕설, 비꼬는 말들

대만 시인 20인 시선집(20位台灣詩人詩集)

심문, 위증, 관료주의적인 말투
경찰의 허세와 성급한 판단
판사의 결정과 공무원들의 영향받은 태도
재판받는 사람의 혼잣말 저주

너무 많은 목소리들
라디오의 높은 파도처럼
세상의 방송을 흡수하고
모든 소리가 한순간에 상쇄된다.
서랍 속의 누렇게 변색된 종이들처럼
모든 것이 희미하고 하찮아진다.

파일 캐비닛의 썩은 냄새
오래된 호두나무 침대처럼
멈춘 시계처럼
날이 얇아진 생선 칼처럼
낡아빠진 슬리퍼 한 켤레처럼
세월에 의해 시기를 놓치고
연약하게 비명을 지른다.

사진 액자에 담긴 인물들의 그림자
그들의 미소는 버려진 슬픔과 섞여 있다.
얼굴은 또 다른 얼굴과 겹쳐져
어쩔 수 없는 황혼 속에 드러나 있다.
울퉁불퉁한 지도처럼 구성되어
설명되지 않은 암호처럼
주장되지 않은 옳고 그름을 측정한다.

파일 캐비닛이 닫힐 때
그 속에 박힌 기억들
사람들의 대화와 몸짓의 사회적 지뢰가
다시 폭발한다.

檔案櫃

巨大的檔案櫃

站立牆的中央

它的大門開著

像敞開衣服的老人

暴露身體的皺褶與衰敗

許多檔案釘在調查報告上

重新以新的代號送審

最後上面佈滿批示與評語

四角捲曲

永遠歸檔

有一天

它們忽然開口說話

轟鬧的聲音夾雜

小孩的哭泣

女人的呻吟

吵架　粗話　反唇相譏

審問　偽證與官腔
警察的虛張聲勢和草草判決
法官的拍板　主管的作態
被審者自言自語的詛咒

許多聲音
如強波的收音機
收納全世界的廣播
所有的聲音在瞬間被抵銷
似抽屜內發黃的文件
一切都變得無關緊要

檔案櫃腐敗的氣味
若舊時笨重的胡桃木床
像停擺的鐘
磨薄的魚刀
與穿破的拖鞋
不合時宜地在歲月的鎚打中
脆弱地尖叫

那些裝在相框的人影
微笑混合被棄的哀傷
一張張互疊的臉孔
曝光在無助的黃昏裡
組合成凹凸的地圖
似一個個無法解讀的密碼
打量無法認領的是非

檔案櫃關上
那些埋伏記憶裡
言談與舉手投足的社會地雷
又爆炸了

The Filing Cabinet

A huge filing cabinet

Standing amid the wall

Its door widely opened

Like an old man opened his clothes

Exposed the body of wrinkles and fatigue

Many files were stapled on the investigation reports

Were resent by a new number for scrutiny

They are finally marked with instructions and comments

Curved the four paper selvages

And filed forever

One day

They suddenly opened their mouths and voiced out

The noise mingled with

The whimper of the children

The groans of the women

Quarrels, foul languages and sarcastic words

Interrogation, perjury and bureaucratic tones

Bluff the policeman and the hasty judgment

The decision of the judge and the affected manners of

the officers

The self-talk curse of the person on trial

So many voices

Like the high wave of the radio

To absorb the world broadcast

All the sound is offset in an instant

Like the yellowish papers in the drawers

Everything turns into vague and insignificant

The rotten smell of file cabinet

Like the old time walnut bed

Like a stopped clock

Or a thinned fish knife

And a pair of worn out slippers

Untimely thumped by years

Screaming fragilely

The shadow of the figures were put in the photo frame

Their smiles mingled with a forsaken sorrow

A face was overlapped with another

Exposed in a helpless dusk

Composed into an uneven map

Like an un-explained code

To measure an unclaimed right or wrong

When the file cabinet closed

Those embedded memories

The social landmine of human's conversation and gesture

Blows up again

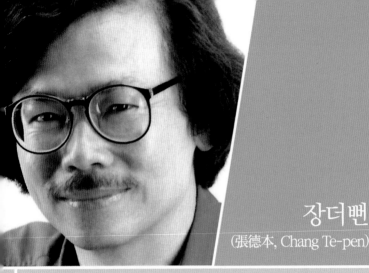

장더뻰
(張德本, Chang Te-pen)

장더뻰(張德本) 시인은 1952년 대만 가오슝에서 태어났다. 그는 창작 글쓰기 전문가이자 문학, 예술, 영화 분야의 비평가로 알려져 있다. 그는 국립문화예술재단의 시청각 예술 부문 심사위원으로 활동하고 있으며, 가오슝 영화 아카이브의 비평가이자 문학 캠핑의 거주 작가와 강사로도 활동하고 있다. 2005년 가오슝에서 열린 대만 문학 회의를 15회 주최하기도 했다. 그의 현대 시와 에세이 출판물에는 《미래의 정원》, 《수영은 우리의 삶의 바다》 등이 있으며, 일부 작품은 대만, 일본, 미국의 선집에 수록되었다. 2010년 그의 대표작인 2,500행의 시 〈연속 세대의 목표〉는 대만어로 작성되었으며, 대만의 역사를 기교와 재능으로 묘사한 서사시로, 대만 문학의 새로운 미학에서 상징적인 요소를 진정성 있게 표현하며 열정과 풍부함을 드러낸다.

칠일 국화

언제부터인지
국화는
몇 번을 떨며
바람 속에
눈물이 잎을 덮으며 흐른다.

첫날
국화꽃이 피었다.

둘째 날
장난꾸러기 소년이 있다.
그는 어리석게 추측해 본다.
빨간색이 될 것이다.
아니면 흰색

셋째 날
한 다발의 빨간 국화가
결혼식
선박을 장식한다.

밤에는
신부와 신랑의
모든 것을 알고 있다.

넷째 날
작은 국화 한 송이가
여인의 가슴을 장식한다.
거울을 자주 보며
자신의 아름다움을 인정한다.
그녀의 남편은
밤새 돌아오지 않는다.

다섯째 날
공원에서
기침하는 노인이
국화차 한 주전자를 끓이며
기다리기 시작한다.
오랜 친구가 약속을 지키러 오길
기대하는 마음이

장더뻔(張德本, Chang Te-pen) 143

항상
주변을 둘러보게 한다.

노인은
끊임없이 그 차를 마시다가
점점
차가워진 국화차를
마신다.
때때로
기침 소리가 난다.

여섯째 날
맑은 날
국화에 대한 소식은 전혀 없다.

일곱째 날
관에서 떨어진
흰 국화 한 송이
장례 행렬이

길 한가운데서
짓밟아버린다.

장더뻔(張德本, Chang Te-pen)

七日菊

不知何時

那株菊

在風裏

顫抖幾下

葉上就掛滿成串的珠淚

第一日

菊已含苞

第二日

有個頑童

憨憨地猜測它

將是紅的

或是白的

第三日

一束紅菊

陪襯在

婚禮堂上的

花瓶中
這夜
新郎和新娘的一切
它都知道

第四日
胸間插有小菊的
婦人
頻視鏡影
自以為美麗
而她的丈夫
整夜未歸

第五日
公園內
久咳的老人
沏熱一壺菊茶
開始等候
老友如約前來

期待的心緒

總是吊在

四望的眼裏

老人

不時喝那

漸漸冷却的菊茶

偶爾傳來

陣陣

咳嗽的聲音

第六日

天氣晴朗

沒有菊的一絲消息

第七日

從棺木上跌落

一朵白菊

送葬的行列

將它踐踏在

路的中央

The Seven Days Chrysanthemum

Don't know when
The chrysanthemum
Trembling a few
In the wind
Covering the leaves a cluster of tears

The first day
The chrysanthemum is in full bud

Second day
An urchin
Guess in silliness
Whether it's red
Or white

On the third day
A bouquet of red chrysanthemum
Adorned
A vessel in wedding

Ceremony

At night

Matters of the bride and the groom

It knows all

The fourth day

A small chrysanthemum

Ornamented a woman's bosom

A frequent stare in the mirror

Self admitted her beauty

Her husband

Not homing the whole night

On the fifth day

In the park

A coughing old man

Boiling a pot of chrysanthemum tea

Launch the waiting

Old friend comes by the appointment

장더뻔(張德本, Chang Te-pen)   151

The mood of anticipation

Always hang

The eyes to look around

The old man

Constantly drinks that

Gradually

Went cold the chrysanthemum tea

At times

Comes

The coughing sound

On the sixth day

A clear day

Nor news at all of the chrysanthemum

On the seventh day

Fallen from the coffin

A white chrysanthemum

The funeral parade

Trampling it on

The center of the road

<Translated by Catherine Yen>

은하와 성운에서

은하와 성운 속에서
깊고 맑은 거울 면에는
어떤 행성이 있느냐에 따라
그와 같은 쌍둥이 행성이 비친다.
이미 수조 세대 전에 존재했던
수조 광년 너머의 우주 공간에서

은하와 성운에서는
낮과 밤의 구분이 없고
별들 사이에서는 옳고 그름 없이 중력이 퍼지며
떠도는 돌과 먼지, 암석은 잃고 얻음 없이 흩날린다.
성운의 깊은 곳에서 명암이 번갈아 터지고
운석 충돌의 순간적 생멸이 나타났다 사라진다.

은하와 성운 속에서
매 순간은 마치 이 생과 같아
지구의 인간은 이미 출발했고
미래는 알 수 없는 여정이다.
항상 일정한 온도를 유지하는 우주선에 몸을 싣고

추위와 더위를 넘어서는 항로를 지키며
충분한 정자와 난자가 결합해
비행 중에 청춘은 시들고
생명은 비행 중에 다시 태어난다.
점점 더 깊고 어두운 우주로 나아가며
사랑과 증오의 경계도 점차 흐려진다.

은하와 성운 속에서
수없이 많은 별이
빠르게 스쳐 지나가고
스쳐 지나감이 영원한 이별이며, 분리가 수많은 광년 너
머에 있다.
갑자기 지구와 닮은 쌍둥이 형제 행성을 발견한다.
그것은 우리의 재생이자, 우리의 투영이다.
고독하지만 벗이 되는 모순이
뜻밖의 만남 속에서 나타난다.

在銀河星雲

在銀河星雲
深邃光潔的鏡面
有如何的星球
就照映出如何星球的孿生
早已存在於幾億兆世代之前
幾億兆光年之外的宇宙空界

在銀河星雲
無所謂白晝與黑夜
星際間無是無非地散發引力
飛石塵岩不失不得地飄移
星雲的深部明暗交加迸放
生滅自流殞的撞擊中乍現乍失

在銀河星雲
每個時刻都彷彿是今生今世
地球的人類已經出發
未來是不可知曉的旅程
置身恆溫的太空艙

堅守的航向超越酷寒與酷熱

足夠的精卵相結合

青春在飛行中凋零

生命繼續在飛行中新生

愈來愈航向幽冥的深空處

愛恨的壁壘也將漸失分野

在銀河星雲

與大千巨萬無盡數的星辰

疾行擦身飛過

在錯身就是永訣，分離就是無限光年之外

驀然發現一顆酷似地球的孿生兄弟

是我們的再生，是我們的投影

孤獨而莫逆的矛盾忽自驚逢中昇起

In galaxy and Nebulae

In galaxy and nebulae

Mirrors the deep and lustrous

Kind of planet

Reflecting its alike twins

Already existing for trillion generations

The trillion light years beyond the universe and outer
space

In galaxy and nebulae

Matters not a daytime or a night

The planets distributed the gravity without right or
wrong

Flying stones, dusts and rocks drifting without gain or
loss

Nebula alternating its light and dark in deep outburst

The instant birth and death of meteor's collision

In galaxy and nebulae

Every moment is like this life

Setting forth the human in earth

The future is an unpredictable journey

Subsisting in a spacecraft with constant temperature

The heading direction beyond cold and hot

In galaxy and nebulae

Sperm and ovum combining the continuation of
embryo

Youth withered in flight

Life a newborn in flight

Soaring further to a deep and gloomy milky way

The difference of love and hate gradually become
vague

In galaxy and nebulae

The countless stars flashing high in universe

Dodging a farewell , separation is beyond the countless
light years

Suddenly find one like the twin of earth

장더뻔(張德本, Chang Te-pen)   159

A new birth or a casting shadow?

The contradiction of lonesomeness and intimacy

entangled in an encounter

<Translated by Catherine Yen>

수영은 우리의 살아있는 바다

역사가 지나간 산봉우리에는 몇몇
사람들의 머리가 떨어져서
깊은 산골짜기에 묻혀
아무도 알지 못한다.

역사는 바다 위에 떠 있고
많은 피눈물의 짠맛이
파도 속에 녹아들어
아무도 알지 못한다.

역사의 덩굴은
온 사방을 도는 원혼들을
몸을 잃은 씨앗처럼
아무도 알지 못한다.

역사의 배는 떠나가고
항구를 찾지 못해
우리의 입술은 과거를 말하지 못하고
아무도 알지 못한다.

장더뻔(張德本, Chang Te-pen)

역사의 섬은 아무도 그 이름을 알지 못한다.
마치 모두가 잡으려는 사슴처럼
모두가 잡으려는 해오라기처럼
모두가 이름을 얻으려 다투지만
아무도 자신의 이름을 알지 못한다.

모두가 능욕당한 역사
섬이 참아낸 용골
오랜 세월 쌓여
화석이 된 원한

미래도 과거도 알지 못한 채
대지진으로 뒤집힐 때
물고기의 꼬리가 뒤집히듯
섬은 점점 멀어져 간다.

해오라기의 운명은
큰 꼬리든 작은 꼬리든 계속 헤엄치는 것

우리의 바다에서 계속 헤엄치는 것
이 천만의 생명이 알지 못한 채

맞은편 가게는 언제든지
끓는 기름 솥을 지피고 있다.
누가 잡혀갈지
솥에 던져져 죽은 물고기가 될지

장더뻔(張德本, Chang Te-pen)

泅是咱的活海

歷史蹭踏過的山頭有幾粒

有幾粒人頭予挫落來

落入深山溝內

沒人知影

歷史浮佇海面

有偌濟血淚的鹹度

溶佇波浪內底

沒人知影

歷史的瓜藤

委屈四界旋的冤魂

種籽失去身世

沒人知影

歷史的船開出去

找無港口偎岸

咱的嘴舌講袂出過去

沒人知影

歷史的島嶼無人知影伊的名
親像梅花鹿大家攏欲掠
親像海翁大家攏欲刣
大家攏相爭欲號名
但是大家攏毋知家己叫甚麼名？

攏予人凌遲的歷史
島嶼吞忍的龍骨
累積年久月深
化石的怨恨

毋知未來毋知佇當時
欲翻身大地動
魚尾反一擺
島嶼即愈泅愈遠

海翁的運命
即是大小尾繼續泅

繼續泅咱的活海
這千萬毋通毋知影

對面店仔隨時
燃一座油滾的火鼎
啥人欲予掠去
擲入去鼎內煎做死魚

Swim is Our Living Sea

How many hill tops tapped by history
How many heads were chopped?
Dropping into the ravine
Nobody knows

History floating over the sea
The salinity of blood and tears
Melting in the waves
Nobody knows

The creeping vine of history
Maltreat the winding soul of wrongly accused
The seed lost its life experiences
Nobody knows

Sail the ship of history
No harbor to land
The past that we can't tell
Nobody knows

장더뻔(張德本, Chang Te-pen)

Nobody knows its name—the island of history

Like the sika* captured

Like the whale killed

The people competed to make names

But names unknown to their own

The wrongly treated history

The tolerant spine of the island

The cumulative months and years

Resentment of the fossil

Unknown the future and when

Turnover of a big earthquake

Once to sway the fish tail

The more swinging the farther the island

The destiny of the whales, big or small

Just keep on swimming

Keep on swimming is our living sea

That everyone should know

The opposite shop (People Republic of China)

Boiling a pot of oil at any time

Anyone was detained

Throwing in the pot frying a dead fish

* Sika denotes Formosan Deer

<Translated by Catherine Yen>

리유팡
(利玉芳, Li Yu-Fang)

리유팡(利玉芳) 시인은 1952년 핑둥현 출생으로 삿갓시회(笠詩社) 회원이며 대만문인회 회원이다. 산문집 《마음 향기의 꽃잎(petals of heart fragrance)》을 출간하며 'Luisha'라는 필명으로 활동했지만, 지금은 대부분 그녀의 본명으로 시를 출판하고 있다. 그녀의 시집들은 《삶의 맛(The Taste of Living)》, 《고양이들》(Cats, 중국어, 영어, 일본어로 출간), 《해바라기(Sunflower)》, 《아침에 히비스커스 차를 마시며(The Morning Sipping Hibiscus Tea)》, 《꿈은 방향을 바꿀 수 있다(Dreams Can Turn Corners)》, 《중국 등불 꽃(Chinese Lantern Flower)》, 《해방(Release)》, 《섬의 항해(The Voyage of Island)》(중국어, 영어, 스페인어 출간), 《Li Yu-Fang 시집-학가문학의 보물4(Li Yu-Fang Poetry Collection - The Treasures of Hakka Literature 4)》(중국어, 일본어 출간) 및 다수. 아동문학 《이야기를 듣고 샤잉 여행하기(Listen to Stories and Tour Xiaying)》, 《꺾을 수 없는 장미 - 양귀(The Rose that Cannot be Squashed-Yang Kui)》 외 다수. 오탁류문학상(吳濁流文學獎, Wu Chuo-Liu Literature Prize, 1986), 진수희시문학상(陳秀喜詩獎, the Chen Xiu-Xi Award Poetry Prize, 1993), 영후대만시문학상(榮後台灣詩獎, the Rong-hou Taiwan Poetry Prize, 2016), 걸출성취상 - 어문, 문학사, 문학류(傑出成就獎 - 語言, 文史, 文學類, the Hakka Achievement of Excellence Prize-language, literary history and literature category, 2017). 다국어 사용과 다문화 생활을 통한 경험으로 그녀는 전 세계와 포모사 국제 시 축제에서 시 작품을 선보이고 있다. 그녀는 하카어, 대만어, 북경어로 작품을 쓰고 있다.

포모사 레논 월

혼란스럽고 우울한 여름
홍콩 사람들은 어떻게 버텼을지
벽에
민주적 자유의 소중함을 생각하며
시적이지 않은 언어를 걸기 위해 목소리를 내며
종잇조각에 말을 적어 붙이는 공간을 열며
느슨할 수 있는 관점을 고수하며
세속적인 감정을 붙인다.

자유의 틈새는 더 많은 종잇조각으로 붐비지만
사람들은 여전히 생존의 희망을 붙잡고 있다.

산업계와 경제계가 파업하고 학교가 파업한다.
파업 중인 은행들 파업 중인 공항
그러나 레논 장벽은 파업하지 않는다.
자유 홍콩은 파업 중이 아니다.
중국 송환 반대는 파업하지 않는다.
대만은 당신을 지지하지만
최루탄은 당신을 지원하지 않는다.

대만 시인 20인 시선집(20位台灣詩人詩集)

푸른 물대포 트럭은 당신을 지원하지 않는다.

구름을 꿰뚫은 화살은 타이베이 지하도로 향한다.
레논 벽은 파손되지 않는다.
정의의 숨은 목소리가 담긴 글
벽에 잔뜩 붙어 있는 종잇조각들
우울한 가슴에 연고를 붙인 것처럼
자유의 숨결이 잠시 쉬어간다.

아이는 가던 길을 멈추고
알록달록한 포스트잇이 붙은 아름다운 벽을 바라본다.
어머니는 포모사를 지지한다고 말했다:
오늘은 홍콩 내일은 대만

리유팡(利玉芳, Li Yu-Fang)　　　173

寶島連儂牆

令人混亂哀愁的夏天
香港人民是如何度過的
牆
聯想民主自由的珍貴吧
聲援張貼非詩的語言
開放紙條發言的空間
貼放縱的觀點
貼世俗的情緒

自由的縫隙貼得越來越擁擠
人民還是抱著存活下去的希望

工商界罷工　學校罷工　銀行罷工
機場罷工　連儂牆不罷工
Free Hong Kong 不罷工
反送中不罷工
台灣支持你們
催淚彈不支持你們
藍色水砲車不支持你們

一支穿雲箭射向台北地下街

連儂牆不塗鴉

寫著隱密正直的聲音

貼滿紙條的牆

好像鬱悶的胸口貼上膏藥

自由的呼吸暫時得到釋放

小孩停下腳步

凝視便利貼五顏六色美麗的牆

母親聲援寶島：今日香港明日台灣

Formosa Lennon Wall

A chaotic and depressing summer
How did the Hong Kong people get through
The wall
Think of the preciousness of democratic liberty
Speak up for putting up non-poetic languages
Open up the space for speaking on paper strips
Stick up the perspective of letting loose
Stick up the secular feelings

The gaps of freedom is getting more and more
crowded with each stick
The people still holds onto the hope of survival

The industrial and economic sector on strike the
schools on strike
The banks on strike The airport on strike
The Lennon wall is not on strike
Free Hong Kong is not on strike
Anti-extradition to China is not on strike

Taiwan supports you

Tear gas does not support you

Blue water cannon trucks do not support you

An arrow piercing the clouds heads towards Taipei

underground streets

No vandalism on the Lennon wall

Written with hidden voice of justice

Wall stuck full of papers strips

Like ointment patches stuck to the depressed chest

The breath of freedom gets a temporary reprieve

The child stops in its tracks

Stares at the beautiful wall with colorful post-it notes

The mother voices her support for Formosa:

Today Hong Kong tomorrow Taiwan

리유팡(利玉芳, Li Yu-Fang)   177

바다 낚시꾼

세탁부가 잡담하고 있었어.
꿈틀거리는 태아
엄마의 몸에서 조용히 빨아들이는
하얀 공포의 기억과 슬픔의 자양분

아들은 70세다.
가끔 대만 바다의 생태를 읽고
기억의 낚싯대
가라앉는 물에서 낚시한다.

가공된 범죄의 붉은 벽돌을 낚는다.
납치된 마대 자루
사라진 명함
낚는다……
끝까지 저항하는 농어를

海釣者

洗衣婦邊說著八卦

蠕動的胎兒

在母體內默默地吸吮著

白色恐怖的記憶和悲哀的養份

兒子年紀70歲

偶讀台灣海域生態

記憶的釣竿

垂釣向下沉淪的海域

釣起加工犯罪的紅磚頭

被綁架的麻布袋

失蹤的名片

釣起 . . . .

一尾反抗到底的鱸鰻

Sea Angler

The washerwoman was talking gossip
Wriggling fetus
Sucking silently in the mother's body on
The memory of white terror and the nourishment of
sadness

The son is 70 years old
Occasionally reading the ecology of Taiwan's waters
The fishing rod of memory
Fishing in the sinking waters

Catches the red bricks of processed crime
The kidnapped burlap bags
The missing business card
Catches⋯⋯
A perch resisting to the end

비문증

시야에 우연히 녹색이 나타나서
어지럽게 날아다니네.
어제는 18개
오늘은 26개
5일 만에 150개가 나타났네.

사라졌다가 다시 나타나네.
왼쪽 눈은 언어 폭력, 오른쪽은 신체 공격
모래처럼 내 눈을 위협하여
매우 불편하네.

2~3일마다
아메바 형태가 줄이어
충혈된 혈관이 내 시야를 침범하며
참을 수 없게 하네.

평화통일은 비문증(飛蚊症)처럼
막연한 환상
내 시각적 인식을 방해하여
나의 밝은 눈을 어둡게 하네.

리유팡(利玉芳, Li Yu-Fang)

飛蚊症

偶然出現在碧綠的視野

嗡嗡嗡地飛來飛去

昨天18隻

今天26隻

五天飛來150隻

揮之又來

文攻左眼　　武赫右眼

沙子般威脅我的雙眸

極不舒服

三兩天

列隊變形蟲的圖像

連結血絲侵入我的識別區

挑釁我的容忍

統一和平像飛蚊症

模糊的假象

干擾我視覺的認知

蒙蔽我明亮的眼球

Floaters

Appearing by chance in the emerald field of vision
Flying around buzzing
18 yesterday
26 today
150 in five days

Wave it away and it comes again
Verbal assault on the left eye, physical attack on the
right
Threatening both my eyes like sand
Extremely uncomfortable

Every two or three days
Image of amoebas lining up
Linking with bloody capillaries invading my
identification zone
Provoking my tolerance

Peaceful unification is like floaters

리유팡(利玉芳, Li Yu-Fang)   183

Blurry illusion

Interfering with my visual cognition

Blinding my clear eyeballs

<All translated by Mike Lo>

시예 피슈
(謝碧修, Hsieh Pi-hsiu)

시예 피슈(謝碧修) 시인은 비슈(畢修, Bi Xiu)라는 필명으로 활동하였는데 국립항공대학 사회학과(國立空大學社會科學系)를 졸업하고 은행에서 일하다가 2006년 퇴사하여 현재까지 비영리단체에서 사회봉사 활동을 하고 있다.

그녀는 문학상으로 山水詩獎(1978), 黑暗之光文學獎新詩組佳作(2003)을 받았다. 그녀는 Li시회(笠詩社) 회원이자 대만현대시협회(台灣現代詩協會) 회원이다.

시집으로 《謝碧修詩集》(2007), 《生活中的火金星》(2016), 和 《圓的流動-漢英西三語詩集》(2020) 등이 있다.

조각하는 인생

명장이 말하길
썩은 나무를 조각할 수 없지만
예술로 그 나무의 개성을 부각할 수 있다네.

생각하네
아름답게 보이는 방법을.
이 세상의 사람들에게 어떻게 영향을 줄지
이 작은 소망을 품고
가공되지 않은 나무 조각 하나하나에
끊임없이 새겨 넣네.

나는 부처와 보살이다.
사심 없는 자만이 잘려 나간다.
자비로운 설교를 성취하라.
내 안의 부처님
오직 이기심 없이 깎아나감으로써
자비의 설법을 이루었네.

말 없는 동상

　　　　대만 시인 20인 시선집(20位台灣詩人詩集)

오고 가는 이들을 바라보며
감정을 갖고
감정 없이
무한한 설법을 하고 있네.

雕刻人生

師傅說
朽木雖不可雕
藝能凸顯其個性

思索
如何以美的姿態
潛化世人
將這小小心願
不斷的鏤刻在一塊塊拙木

我佛菩薩
只有無私的被刨去
成就一段慈悲說法

無言的雕像
看著來來往往的
有情
無情
散發無限的話語

Sculpturing Life

The master craftsman says
Even though rotten wood cannot be carved
Art can highlight its personality

Pondering
On how to influence earthly people
With a beautiful stance
And take this small little wish
And engrave it without ceasing upon piece after piece
of unworked wood

My Buddha
Only by selflessly being shaved away
Achieves a compassionate statement

Speechless statue
Watching the coming and going
With emotion
Without emotion
Radiating limitless utterances

뜨개질

한 땀 한 땀
들락날락
이중 코는 행복한 어린 시절을 꺼내고
단일 코는 상처받은 작은 영혼을 감추네.
이중 코는 즐거운 청소년기를 꺼내고
단일 코는 반항적인 성향을 숨기네.
이중 코는 결혼 후의 행복을 뜨고
단일 코는 말 못 할 아픔을 찌르네.
이중 코는 희망찬 미래를 향해 길게 뻗고
단일 코는 견딜 수 없는 세월을 짧게 줄이네.

견딜 수 없는 과거를 밀어내서
행복을 낚아채고
현재의 혼란을 밀어내고 만족을 낚아채며
미래의 불확실성을 밀어내고 자유를 낚아채네.

완성된 배열
흑백일 수도 있고
무지개색일 수도 있고

당신이 원하는 만큼 다양한 색일 수도 있네.

어쨌든

모두 스스로 엮은 삶이지.

編織

一針一針
進進出出
長針勾出快樂的童年
短針隱藏受傷的小心靈
長針拉出歡樂的青少年
短針掩蓋著叛逆
長針加針織出婚後的甜蜜
短針戳著無法言喻的蜂巢
長針長長的拉向期待的未來
短針只想快快縮短不堪的歲月

將過去的不堪推出去
歡樂勾進來
將現在的迷惘推出去滿足勾進來
將未來的不確定推出去自在勾進來

完成的版圖
也許是黑白
也許是彩虹

多少你喜歡的色彩

不管怎樣

都是自己編織出來的人生

Knitting

One stitch after another

In and out

A double crochet draw out a happy childhood

A single crochet hides the little soul that was hurt

A double crochet pulls out a joyful teen

A single crochet conceals the rebellious nature

A double crochet knits the post-marriage bliss

A single crochet pokes at the unspeakable hive

A double crochet draws long towards the hopeful future

A single crochet to just quickly shorten the unbearable years

Push out the unbearable past

Hook in the happiness

Push out the present confusion and hook in the satisfaction

Push out the future uncertainties and hook in the freedom

The completed layout

Maybe black and white

Maybe a rainbow

However many colors you like

One way or another

It's all a life you weaved for yourself

<Translated by Te-chang Mike Lo>

대만 사슴 애가

우리는 한때 숲속을 한가로이 거닐었네.
포모사의 아름다운 풍경 속에서
인간이 오기 전 우리는 이 섬과 더 가까웠네.

아름다움이 슬픔과 같을 수 있을까?
희귀함이 표적이 되어야 할까?
도망치다 멸종하는 것이 운명이 되어야 할까?

인간의 탐욕
인간의 잔인함
우리는 뻗어 난 뿔을 달고
도시의 정글 속에서 머리를 치켜들고 걷는다 해도
그 본질적인 추함을 감출 수는 없네.

우리는 이식되거나 대체될 수 없다네.

이후로는
우리는 푸르고 깊은 숲속에
걸린 장식품으로만 남을 뿐이라네.

台灣梅花鹿哀歌

曾經我們能優閒漫步森林
是福爾摩沙地表一幅美麗的風景
我們比人類更早更貼近這島嶼

美麗該等同於哀愁?
稀有就會成為目標?
絕種是難逃的宿命?

人類的貪婪
人類的血腥
戴著我們的樹枝茸角
昂首闊步在都市叢林
仍掩藏不住那內在的醜陋

我們是無法移植取代的

以後
我們將只是被裱褙
蒼鬱山林的一面風景

Lamentation of the Taiwan Sika Deer

We could once leisurely stroll in the forests
A beautiful view on the face of Formosa
We were closer to this island prior to mankind

Should beauty equate sorrow?
Should a rarity become a target?
Should extinction be the fate of escape?

The greed of mankind
The bloodiness of mankind
Wearing our branched antlers
Striding with raised heads in urban jungles
Yet still cannot conceal that intrinsic ugliness

We cannot be transplanted or replaced

Hereafter
We will only be a mounted scenery
Of a deep and verdant forest

리창시엔
(李昌憲, Lee Chang-hsien)

리창시엔(李昌憲) 시인은 타이난(台南) 출신이며 현재 가오슝시에 거주하고 있다. 그는 '森林詩社(숲 시 클럽)', '綠地詩社(녹지시클럽)', '陽光小集', '笠詩社' 등에서 활동하였다. 그는 한때 상장된 전자회사의 관리자로 근무했으며, 그의 창작 활동은 주로 시, 전각, 도자기, 사진 분야에 집중되어 있다. 그는 현재 '립시(笠詩)'문학지의 편집장, Kaohsiung First Community College의 인감 절단 교사, 세계시인운동협회(Movimiento Poetas del Mundo)의 회원이다. 1981년 6월 첫 시집 《加工區詩抄(가공면의 시)》를 출간했고, 1982년에는 '笠詩奬(립시상)'을 받았다. 기타 시집 출판 《生態集》(1993), 《生産線上》(1996), 《仰觀星空》(2005), 《從靑春到白髮》(2005), 《台灣詩人群像·李昌憲詩集》(2007), 《台灣詩人選集·李昌憲集》(2010), 《美的視界—慢遊大高雄詩攝影集》(2014), 《高雄詩情》(2016), 《愛河—중국어 영어시집》(2018), 《人生茶席 —台灣茶詩》—중국어 영어시집》(2020). '가오슝시 문학의 길(高雄市文學步道)'에 시 《期待曲(기대)》가 선정되었고, 'HKUST 중국 문학 선집'에 《加班(초과)》와 《企業無情(기업 무정)》시가 선정되었으며, 다수의 시가 국내외 시선집에 선정되었다. 그의 작품들은 영어, 한국어, 일본어, 스페인어, 독일어, 몽골어 등의 언어로 번역되어 소개되었다.

대만의 마조

마조는 우리의 조상들을 이끌고 바다로 나가

검은 해협을 건너

몇백 년 동안 대만에서

이 대만 섬을 인정해 주었다.

대만의 마조

그녀의 가슴에는 금메달이 걸려 있다.

신앙심 깊은 이들이 경건하게 바친 향의 연기로 검게 그을린

신앙의 역사는

오래전부터 사람들 사이에 뿌리내렸다.

대만 곳곳의 마조들

'구원의 배'

모두 같은 모습으로 높은 현판에 걸려 있다.

이 땅과 이 사람들을 축복하고 보호하며

메이저우(媚洲)로 순례를 떠나야 한다고 요구하고

종교적 목적으로 직항로가 있어야 한다고 요구한다.

마조는 아무 말도 하지 않았다.

사람이 신의 힘을 이용하고 있다!

台灣媽祖

媽祖帶領先民出海
過黑水溝
到台灣數百年
是認同台灣這塊島嶼

台灣媽祖
胸前掛信眾敬獻的
金牌被香火燻得烏金
信仰的歷史
早就落地生根在民間

台灣各地的媽祖
「慈航普渡」
匾額都一樣高高懸掛
保佑斯土斯民

要求赴湄洲進香
要求宗教直航
媽祖什麼也沒說
是有人假借神威吧！

Mazu of Taiwan

Mazu led our ancestors out to sea

Across the black gutter way

Over the several hundred years in Taiwan

She has acknowledged this island of Taiwan

Mazu of Taiwan

On her chest hangs a golden medallion

Offered with reverence by the faithful and blackened by
the smoke of incense

The history of faith

Has long been rooted among the people

Mazus all over Taiwan

'Ferries of salvation'

Are all the same hanging up high on the inscribed boar
ds

Blessing and protecting this land and this people

Demanding to make a pilgrimage to Meizhou

Demanding that there be direct routes for religious purposes

Mazu has said nothing at all

It must be man that takes advantage of the might of the gods!

<Translated by Jane Deasy>

심어진 별장

도시는
달리는 고속 열차 창문에서
물러난다.

산을 통과하는 강철 시멘트 숲
익숙하지만 낯선 땅에 들어서며
평야와 언덕, 광활한 땅
왜 이렇게 기적이 만들어지는가?

어떻게 대만이 심을 수 있는가
농가 별장을 하나씩
농지를 조각내고 점령하며

기억은
달리는 고속 열차 창문에서
떠오른다.

심었던 농작물들이
뽑히고 짜내어져

씨앗은 더는 싹틀 필요가 없다.
녹색의 광활한 땅은
의도적으로 별장의 경치를 위해 잘려 나갔다.
정책의 거짓말에 속고
정치인들에 의해 가려졌다.

식량은 더는 자급자족하지 못하고
대부분 수입에 의존한다.
농지는 더는 농사에 사용되지 않는다.
배고픔은 절벽에서 뛰어내린다.

리창시엔(李昌憲, Lee Chang-hsien)   205

種別墅

城市
從高速奔馳的列車窗框
　　　　　　　　後退

穿出鋼構的水泥森林
進入熟悉而又陌生
平原丘陵廣闊的土地
為何如此創造奇蹟
台灣竟能夠種出
一棟一棟農舍別墅
錯落霸佔農地

　　　　　　　記憶
從高速奔馳的列車窗框
現前

原本種植的農作物
被鏟除　面積被排擠
種子也不必再催芽

曾經一望無際的綠色
被別墅特意切割視野
被政策謊言矇騙
被政客包庇

糧食不再自給自足
大部份仰賴進口
農地　不再農用
饑餓　跳下懸崖

Planted Villas

The city

From the window of the bounding high speed train

Backs away

The steel cement forest that passes through the
mountains

Entering into familiar yet foreign land

Plains and hills, vast land

Why can miracles be created like this

How can Taiwan plant

Farmhouse villas, one after the other

Fragmenting and taking over the farmland

Memory

From the window of the bounding high speed train

Emerges

The crops that were planted

Have been pulled up squeezed out

The seeds no longer need to sprout

The green expanse that was

Has been cut away intentionally for the villa view

Cheated by policy lies

Covered up by politicians

Food is no longer self-sufficient

Mostly reliant on imports

Farmland no longer used for farming

Hunger   jumps off a cliff

<Translated by Emily Anna Deasy>

대만 차산 여행

대만 차산을 여행하니
차는 마음속에 있고
사람들은 그림 속에 있다네.

차의 명인을 만나니
차의 향기를 맛보고, 해와 달을 알라 하네.
그 본질이 한 잔의 차 속에 있다 하네.

차의 향기를 코로 맞이하니
풍부한 차의 아로마가
부드럽게 내장 기관을 어루만져
12경락을 편안하게 해주네.

대만 차는 달콤한 봄의 샘물이니
대만 사람들의 마음을 따뜻하게 하고
대만 사람들의 삶을 풍요롭게 한다네.

대만 시인 20인 시선집(20位台灣詩人詩集)

台灣茶山行旅

台灣茶山行旅
茶在心中
人在畫中

走訪製茶達人
品茶香　知日月
精華　盡在一杯茶湯

撲鼻茶香
富韻茶湯
導順五臟六腑
舒暢十二經脈

台灣茶是甘泉
溫潤台灣人的心
豐富台灣人的生活

리창시엔(李昌憲, Lee Chang-hsien)

Journey Through Taiwanese Tea Mountains

A journey through Taiwanese tea mountains
Tea is in the heart
People are in the painting

Pay a visit to the tea-making expert
Taste the fragrance of the tea, know the sun and the
moon
The essence, all in a cup of tea

My nose is greeted by the fragrance of tea
An abundant aroma of tea
Smoothly guiding the internal organs
Easing the twelve meridians

Taiwanese tea is a sweet spring
Warming Taiwanese hearts
Enriching Taiwanese lives

<Translated by Jane Deasy>

린루
(林鷺, LIN Lu)

린루(林鷺) 시인은 현재 삿갓시회(笠詩社) 업무위원, 편집위원으로 활동하고 있다. 2005년부터 중국과 몽골, 쿠바, 칠레, 페루, 튀니지, 루마니아, 멕시코 간 국제 시 교류 활동에 참여했으며, 2015년 타이난 포모사 국제 시 페스티벌, 2016년부터 2019년, 2023년 단수이국제시축제에 참가했다. 한시집 《별국화(星菊)》(2007), 《망각(遺忘)》(2016), 《여행하는 이유(爲何旅行)》(2017), 《색의 변화(變調的顏色)》(2020), 중영 이중 시집 《가을을 잊는다(忘秋)》(2017), 《망각》(2017), 《탄생과 죽음(生滅)》(2020)을 출간하였으며 중국어, 영어, 스페인어 3개 국어 시집 《바다의 소리(海的聲音)》(2021) 등의 작품집이 있다.

선거 전쟁

생명은 계절의 순환 속에서 번성하고 시든다.
현실 세계는 그 어느 때보다 비현실적이다.
이 전쟁에서 먼 전쟁과 테러의 장면들이
싸구려 언어로 탄약이 된다.
자유가 소멸하기 전에
민주주의는 편리한 전쟁터로 변한다.
나는 떨고 있는 침묵의 나무를 올려다본다.
그리고 그 잎사귀에서
아직도 피 묻은 저항의 흔적을 발견한다.

대만 시인 20인 시선집(20位台灣詩人詩集)

選戰

生命在季節的循環中榮枯

真實的世界比以往更不真實

遠方戰火驚懼的場景

在這方選戰

成為廉價的口齒槍砲彈藥

在自由還沒被消滅以前

民主淪為便利的戰場

我仰望一棵冷顫無言的樹

發現它的葉片

還留下斑斑反抗的血痕

Election Battle

Life flourishes and withers in the cycle of seasons

The real world is more unreal than ever before

Scenes of distant war and terror in this battle

Become cheap verbal ammunition

Before freedom is eradicated

Democracy turns into a convenient battlefield

I look up at a shivering, silent tree

And find its leaves

Still bearing the mottled bloodstains of resistance

오월

오월
네가 아직 기억한다면
어머니의 자궁 속에서의 진통을
너는 땀과
기쁨의 눈물이 섞인 어머니의 얼굴에 감사할 것이다.

오월
네가 아직 기억한다면
한때 자유를 품었던 섬을
너는 그 섬의 토종 백합이
매년 자유롭게 피어나게 해야 한다.

五月

五月
如果你還記得
母親子宮的陣痛
你會感恩母親的臉
有汗水
也夾雜喜悅的眼淚

五月
如果你還記得
一座島曾經懷胎自由
你就該讓
島上的原生種百合
年年恣意盛放

May

May

If you still remember

The labor pains in your mother's womb

You will be grateful for your mother's face

With sweat

And tears of joy mixed in

May

If you still remember

An island once conceived with freedom

You should let the island's native lilies

Bloom freely every year

린루(林鷺, LIN Lu)

부활의 바람

섬의 동쪽에서
봄바람이 휘 우우 불어온다.
하얀 구름이 자유롭게 흘러간다.
휘 우우
논밭의 벼 모가 봄의 희망을 싹틔운다.
휘 우우
지난겨울에 쌓인 무거움이 날아간다.
섬의 동쪽에서
휘 우우 불어온다.
봄바람이
깨어난다.
봄의 섬의 부활이

復活的風

春天的風

在島嶼的東方

呼呼吹出

白雲悠閒的自在

呼呼吹出

春田秧苗的希望

呼呼吹出

去冬胸腔的鬱積

春天的風

在島嶼的東方

呼呼叫醒

一座島

復活的春天

The Reviving Wind

In the east of an island

The spring wind blows

With a whoosh

The white clouds flow with free and ease

With a whoosh

The rice seedling sprout hope in the fields on spring

With a whoosh

The heaviness accumulated last winter was blown away

In the east of the island

Blows with a whoosh

The spring wind

Wakes up

The revival of an island

In spring

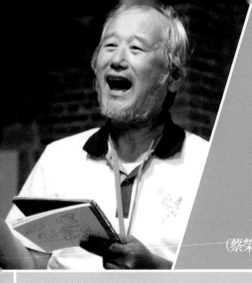

차이룽융
(蔡榮勇, Tsai Jung-Yung)

차이룽융(蔡榮勇) 시인은 대만 창화현 북두진(彰化縣北斗鎮) 출신으로 1955년 생이다. 타이중사범학교(台中師專)를 졸업하였으며 2009년 대만-몽고 문학교류로 몽고로 갔다. 그는 2014년 쿠바와 칠레의 국제 시축제에 참가하였다. 현재 삿갓시회(笠詩社)의 편집위원이자 '대만현대시인협회' 회장이며 '세계시인조직(世界詩人組織, PPDM)' 회원이다. 저서로는 《생명의 미학(Aesthetics of life, 生命的美學)》(1986), 《셰리의 끊임없는 생각(Continuous Thoughts of Sherrie, 念念詩穎)》(2018) 등이 있다.

대만은 명사가 아니다

대만은 명사가 아니다.
당신이 불러 세우고
그가 되돌아 응답하는
대만은 나의 어머니이다.

대만은 동사이다.
당신은 부지런히 일하고
그는 진심으로 노력한다
대만은 나의 어머니이다.

대만은 형용사가 아니다.
당신은 중화민국이라고 말하고
그는 대만이라고 말한다.
대만은 나의 어머니이다.

대만은 문장이다.
당신이 평생 쓰는 문장이다.
그는 감사하는 마음으로 써야 한다.
대만은 나의 어머니이다.

台灣不是名詞

台灣不是名詞
你叫過來
他喊過去
台灣是我的母親

台灣是動詞
你用心工作
他真心打拼
台灣是我的母親

台灣不是形容詞
你說中華民國
他說台灣
台灣是我的母親

台灣是一個句子
你要用一輩子去寫
他要用感恩的心去寫
台灣是我的母親

차이룽융(蔡榮勇, Tsai Jung-Yung)   225

Taiwan is Not a Noun

Taiwan is not a noun
For you to call over
And him to beckon back
Taiwan is my mother

Taiwan is a verb
You diligently work
He sincerely strives
Taiwan is my mother

Taiwan is not an adjective
You say Republic of China
He says Taiwan
Taiwan is my mother

Taiwan is a sentence
One which you write for a lifetime
He needs to be written with a grateful heart
Taiwan is my mother

<Translated by Jane>

　　　　　　대만 시인 20인 시선집(20位台灣詩人詩集)

포르모사

포르모사를 그리려면
많은 색이 필요하다.
흙의 색
산의 색
바다의 색
햇살의 색
어두운 밤의 색
달의 색
바람과 비의 색
사계절의 색
....
억새 붓을 들고
평생을 걸쳐
포르모사를 그릴 것이다.

福爾摩莎

畫Formosa
要用許多顏色

用土地的顏色
用高山的顏色
用大海的顏色
用陽光的顏色
用黑夜的顏色
用月亮的顏色
用風雨的顏色

Formosa

Painting Formosa
Needs many colors

The colors of the soil
The colors of the mountains
The colors of the ocean
The colors of the sunshine
The colors of the dark night
The colors of the moon
The colors of wind and rain
The colors of four seasons
....

I am going to use the miscanthus pen
I am going to use a lifetime
To paint a Formosa

<Translated by Jean Chen>

차이룽융(蔡榮勇, Tsai Jung-Yung)

사진

풍경이 보이지 않을 때
슬픔, 외로움, 감정, 독백, ······
그리고 방황하는 시선이 남아 있다.

풍경이 보일 때
이미지는 내면의 풍경을 담고
기억하는 눈을 붙잡는다.

풀 한 포기와 대화할 때
가끔은 자신의 외로움과 이야기하고
가끔은 자신의 슬픔과 이야기한다.

큰 나무와 대화할 때
가끔은 자신의 감정과 이야기하고
가끔은 그것이 자신의 독백이다.

집과 대화할 때
스스로에게 어디로 가야 할지 묻는다.
그리고 어디가 내 집인지 묻는다.

속삭이는 이미지들
찰칵하며 구해내는 것은
나만의 풍경이다.

카메라 렌즈는 표범의 눈처럼
참을성 있게 먹잇감을 기다린다.

차이룽융(蔡榮勇, Tsai Jung-Yung)

攝影

看不見的風景
傷悲　寂寞　心情　獨白……
眼睛　離家出走

看得見的風景
透過鏡頭　呼喚內心的風景
眼睛　思念家鄉

跟一根小草　對談
有時是自己的　寂寞
有時是自己的　傷悲

跟一棵大樹　對談
有時是自己的　心情
有時是自己的　獨白

跟一棟房子　對談
問自己要往何處去
問自己的家在何處

打開鏡頭　自己喃喃自語
喀擦一聲　鄉愁躍出
救贖自己內心的風景

鏡頭　睜開豹的眼睛
耐心的　等待獵物

Photography

When the scenery is invisible

There remain sadness, loneliness, moods, monologue,

......

And stray eyes

When the scenery is visible

Images catch the inner scenes

And remembering eyes

When dialoguing with a blade of grass

You talk sometimes with your own loneliness

And sometimes with your own sadness

When dialoguing with a big tree

You talk sometimes with your own moods

And sometimes that is tour own monologue

When dialoguing with a house

You ask yourself where to go

And where your home is

Murmuring images
Snap to rescue
Your own scenery

Camera lens leopard eyes open
Patiently waiting for prey

<Translated by Chen Yi-chao>

첸밍커
(陳明克, Chen Ming-keh)

첸밍커(陳明克) 시인은 1986년 칭화대학교에서 물리학 박사학위를 받았으며 1987년에 그는 '립시(笠詩)' 문학단체에 가입했다. 현재 그는 '립시(笠詩)' 문학지의 편집위원으로 활동하고 있다. 그는 12권의 시집을 출간했으며, 1권의 시선집, 2권의 이중 언어 시집(중국어-영어 1권, 중국어-스페인어 1권), 중단편소설집 2권이 있다. 1996년 교육부예술창작최우수상(敎育部文藝創作獎特優等)등 9개의 문학상을 받았다. 그의 작품은 은유적이며 삶의 의미를 탐구하고 있다.

목면수를 지나치며

지하철역에서 인파 속으로 나와
밀치는 행인들 사이에서
나는 목면수 아래를 걸었다.

부스럭거리는 소리가 들렸다.
어떤 새들이
만개한 목면수꽃 속에 있는 걸까?
그 새들은 뛰어오르고
나뭇가지와 꽃들이 가볍게 흔들렸다.

늘 몇몇 새들이 나무 꼭대기로 뛰어올라
주위를 둘러보며 부드럽게 울고 있었다.
멀리 하늘을 맴도는 매를 지켜보려는 듯

새들은 참으로 행복했다.
적들이 동료들 속에 숨어 있지 않으니

무거운 목면수 꽃 한 송이가
내 발치에 떨어졌다.

새들이 내게 준 걸까?
나도 날개를 달 수 있을까?

行經木棉樹

夾在人群中走出捷運站
推擠著經過木棉樹下

聽到吱吱喳喳的聲音
盛開的木棉花中
不知道是什麼鳥
跳躍著　樹枝花朵輕晃

總有一兩隻跳到樹梢
張望著　輕輕叫著
戒備遠遠盤旋的鷹

好幸福的鳥雀
敵人不隱藏在同伴中

木棉花重重掉落腳前
是你們送給我的？
我也能長出翅膀？

Pass through the silk cotton trees

I went out from the subway station in the crowds
Jostling pedestrians, I walked under the silk cotton trees

I heard creak
What birds were in
The full bloomed kapok flowers?
They were jumping, the branches
And flowers were shaking lightly

Always a few birds jumped to the tree-top
Looking around and calling gently
To guard the hawk which was far wheeling

How happy the birds
No enemies hid themselves among the companions

A kapok flower fell around my feet heavily
Did the birds give it to me?
Could I grow wings too?

첸밍커(陳明克, Chen Ming-keh)   241

뽑혀나간 혀

황야를 달리다가
갑자기 놀라 깨어나니
내 혀가 바뀐 것 같은 느낌이 든다.

외부의 의원들이
우리가 처음으로 선출한 공무원들을 가리키며
비웃는다: "얼마나 무례하게 말하는지
왜 그들에게 글자를 만들어주는가?"

가짜 혀를 움직일 때마다 고통이 느껴진다.
내가 아직도 악몽 속에 있는 걸까?
십 대 시절부터 나를 얽어맨 그 악몽 속에?

여덟, 아홉 살 때 나는 교실에 들어갔다.
키 큰 선생님에게 붙잡혀
입을 벌리고 혀를 뽑혔다.
나는 피 흘리는 입을 감싸 쥐었다.
부모님은 내가 무슨 말을 하는지 이해하지 못했다.

이 악몽이 어떻게 현실이 될 수 있는지 나는 이해하지 못했다.

황야를 달리며 무엇을 찾고 있는 걸까?

외부에서 온 그 무리가
소리치며 대만어 예산을 삭감하라고 외친다.
"그들의 뽑힌 혀를 태우는 데 쓰라"

그들은 나를 뒤쫓는다.
나는 빨리 내 혀를 찾아야 한다.
황야에 아무렇게나 버려진 내 뽑혀 나간 혀를

被拔掉的舌頭

在荒野奔走
突然驚醒
覺得被換了舌頭

外來者議員指著
我們首次選出的官員
嘲笑:「什麼不三不四說的
還為他們創造文字」

那假舌一動就痛
我還在少年起
糾纏至今的惡夢中?

八,九歲的我走進教室
被高大的老師抓住
撬開嘴拔掉舌頭
我摀著流血的嘴巴
父母聽不懂我說什麼

我不懂怎會有這惡夢？
在荒野奔跑尋找

那群外來者代表
嘩然叫喊刪掉台語預算
「用它燒掉他們拔掉的舌頭」

他們在我背後追著
我要趕快在荒野找到
被拔掉的舌頭

Tongue Being Pulled Out

I am running in the wilderness
Suddenly I wake up
I feel like my tongue has been exchanged

Legislators of outsiders are pointing at
The officials, we elected for the first time
Ridicule: "How rude they speak
Why create words, used to write, for them?"

I feel pain when I move the fake tongue
Am I still in the nightmare
Entangled me since my teenage?

At the age of eight or nine, I walked into the classroom
Caught by a tall teacher in black
He pried my mouth and extracted my tongue
I covered my bleeding mouth
Parents didn't understand what I am saying

I don't understand how this nightmare can happen
What do I find in running in the wilderness?

The group of outsiders
Shout to delete Taiwanese budget
"Use it to burn out their tongues, being extracted"

They chase behind me
I must quickly find my tongue, which has been
extracted
And casually thrown away in the wilderness

고양이 같은 세월

창밖에서 들려오는 고양이 소리
나는 짜증 내며 소리쳤다.
손에 잡히는 공을 집어 던지려 했다.
그 고양이는 조용히 몸을 말았다.

무엇을 쫓고 있었는지 모른다.
친구들 속에서, 군중 속에서
우리는 서로 밀치며 부딪혔다.
술 취한 자들처럼 소리치고
당황했지만 행복했다, 우리 젊은 얼굴에 드러난
봄 안개의 물결은
십자로 위에서 조용히 흘러갔다.

나는 연구 보고서를 움켜쥐고
밖으로 나가 고양이를 쫓았다.
시끄럽고 열정적인 행진자들을 뒤따랐다.
손에 든 종이를 격렬하게 흔들며
깃발처럼 휘둘렀다.

쫓겨난 뒤, 나는
찢어진 종이를 붙들었고
계속해서 불꽃 나무 꽃들이 떨어지고
큰 북처럼 천둥이 울렸다.
폭우 속에서
누군가가 나를 숙고하듯 바라보는 것 같았다.

잠에서 깬 나는 꿈속에 있는 것 같았다.
그 긴 머리 소녀의 숙고하던 눈빛이
뜻밖에 내게 다가왔다가
꽃향기처럼 바람에 실려 멀어졌다.
흩어진 연구실 속의 종이 더미 속에 앉아
고통 속에서 결론을 생각했다.
꽃향기가 나는 것이 불안하면서도 행복했다.

나는 그 꽃향기를 찾아
비가 올 것 같은 어두운 창가로 갔다.
얼마 전부터 하얗게 변하기 시작한 머리카락 속에서
그 소녀는 활짝 웃었고

첸밍커(陳明克, Chen Ming-keh)   249

친구들과 함께 멀리 사라졌다.
나는 고양이를 부르고 싶었으나 부르지 않았다.
그 고양이는 나를 힐끗 보더니
내 환상처럼 조용히 지나갔다.

貓樣歲月

我聽到貓在窗口
我促狹地對它吼叫
隨手抓球砸向它
它沈靜地蜷曲著身體

我不知道追逐什麼
和朋友，和人
推擠碰撞
呼嘯如醉漢
年少的臉上迷惘而又歡喜
春天的霧像流水
靜靜地在交錯的路上

我抓起研究報告
追趕著貓出去
隨著噪熱的遊行人群
把手中的紙張當作旗幟
揮舞

被驅趕後，我

緊緊捏住殘破的紙

鳳凰花不停地落下

雷電沈悶地響著

厚重的雨水中

彷彿有人幽幽看著我

似夢似醒地交揉著

那長髮少女幽幽的眼神

彷彿風中不定的花香

忽然走近，忽然走遠

我跌坐在研究室雜亂的紙堆

苦苦思索著終極的答案

花香令我苦惱而又歡喜

我尋找著花香

走近窗口(將近下雨的陰暗天色)

我漸漸斑白的頭髮中

那少女燦然地笑著

和同伴很快地走遠

我想叫住貓

它無聲地掠過

像個錯覺

Catlike Years

I heard a cat outside the window
I yelled to it spitefully
Picked a ball at hand to throw at it
It curled up itself silently

I do not know what I pursued for
In friends, in crowd
We pushed and collided with each other
Shouting as drunkards
Perplexed but happy, shown on our young faces
Fog in spring was flowing as water
Silently on the cross roads

I grasped my research report
Went out, chased after the cat,
Followed the noisy and passionate marchers,
Brandished the papers in my hand violently
As a flag

After being driven away, I

Clutched the broken papers

Flowers of flame trees were falling continually

It thundered as big drums

In the heavy rain

It seemed someone musingly looked at me

I seemed to be in dreams when I waked

Those mused eyes of that long-haired girl

Unexpectedly came closer to me and went away

As the smell of flowers in the wind

I fell in disordered papers in my study room

Thought the final answer in pains

I was worried but also happy for the smell of flowers

I was looking for the smell of flowers

Came closer to the window in the dark, when it was

going to rain

In my hairs, getting white recently

That girl laughed in full bloom

Went faraway with her friends

I wanted to call the cat, not go

It glanced me and passed silently

As my illusion

린성빈
(林盛彬, LIN Sheng-Bin)

린성빈(林盛彬) 시인은 1957년 대만 윈린(雲林/Yunlin)에서 태어났으며 현재 신베이시 (新北市) 단수이(淡水)에 거주하고 있다. 그는 스페인 마드리드 국립대학교(Complutense University of Madrid)에서 스페인 문학 박사 학위를, 대만 최고의 사립대학인 담강대학교 (Tamkang University)에서 중국 문학으로, 파리소르본대학(Paris IV-Sorbonne University)에 서 예술학 박사 학위를 받았다. 2001년부터 2005년까지 그는 Li Poetry(1964년에 창간된 격월간 잡지)의 편집장을 역임하고 2005년부터 2007년까지 그는 파리 IV 대학, 파리 소르본 극동 연구 센터(Université de Paris IV, Centre de Recherche sur l'Extême-Orient de Paris Sorbonne)의 객원 교수로 재직했다. 그는 《The War》(1988), 《The Family Genealogy》 (1991), 《The Wind blows from my deep heart》(2002), 《Anthology of Poetry by Lin Sheng-Bin》(2010), 《Contemplation and Meditation》(2010), 《Blowing wind and Beating heart》(2012) 등의 작품집을 출간했다.

부겐빌레아

벽을 타고 오르며,
섬에 정착하듯,
길들지 않은 아카시아들이
사랑스러운 가지와 언제나 얽힌다.
푸른 잎들은 각 덩굴을 따라 돋아나며,
단단히 붙잡고 있다.
땅의 모든 틈새를,
마치 숨 쉴 수 있는, 상상할 수 있는 모든 창을 붙잡듯,
분홍 종이 연들을
가능성으로 가득한 하늘로 올려보낸다.

단순하면서도 층층이 쌓인 꽃송이들은
햇빛, 흙, 공기, 물,
그리고 막힘없는 자유가 필요하다.
꽃은 크지 않지만,
그 색은 깊은 애정을 담고 있다.
얇은 꽃잎은
깊은 의미를 품고 있으며,
겹겹이 쌓인 꽃송이들은

순수한 마음을 간직하고 있다.

벽을 안고,
섬을 사랑하듯,
온 마음과 생각을 담아 오르고 있다.

九重葛

爬上一面牆
像住進一座島
沒被刻意修剪的粗細相思
總是爬滿了愛慕的枝條
綠葉沿著每一藤蔓滋生
緊緊抓住
每一個土地的間隙
像每一個可以透氣
可以想像的窗口
並把粉紅色的紙風箏
升上充滿可能性的天空

單純又多層的花簇
需要的是陽光，土地，空氣，水
以及不被遮蔽的自由

花不大
顏色很深情
薄薄的花瓣

寓意深濃
而九重的花簇
有單純的蕊心

擁抱一面牆
像愛上一座島
用全部的心思意念攀爬

Bougainvillea

Climbing a wall,

Like settling on an island,

Untamed acacias

Always entwine with loving branches.

Green leaves sprout along each vine,

Tightly gripping

Every crevice of the soil,

Like every breathable, Imaginable window,

Raising pink paper kites To a sky filled with possibilities.

Simple yet layered clusters of flowers

Need sunlight, soil, air, water,

And unblocked freedom.

The flowers are not large,

Their colors are deeply affectionate.

Thin petals Hold profound meanings,

And the layered clusters

Have a pure heart.

Embracing a wall,

Like loving an island,

Climbing with all thoughts and intentions.

도서관

너의 경계 안으로 들어서며,
나는 경계 없는 세계에 들어선다.
계층은 없지만,
단계는 분명히 정의되어 있다.
시간은 늘어나
선사 시대의 코끼리 뼈에서
알려지지 않은 시인의 첫 시집까지 이어진다.
나란히 있지만, 서로 먼 세계들,
감지할 수 없는 방식으로
빅뱅의 원리를 암시한다.
그 충돌은 수많은 깨달음의 힘일까?
무한한 영감일까?
마음을 사로잡을 수 있는 시구 한 줄일까?

무한한 시간을 무한한 공간 속에 숨기려 하며,
씨앗 안에 응축된
통제된 도서관의 힘처럼,
정말 아홉 시부터 아홉 시까지만일까?
오직 완벽한 계절에만

들어가고자 하는 이들에게 모든 문이 열리는 걸까?

너의 끝없는 경계를 지나가는 것은
마치 마법의 황야로 들어가는 것과 같다.
그곳에서 신의 뜻을 배우며:
시가 싹트도록,
영감의 빛을 찾고 그것을 발견하도록.

린성빈(林盛彬, LIN Sheng-Bin)   265

圖書館

走進你的邊界

就進入一個沒有邊界的國度

沒有階級

卻高下層次分明

時間漫延

從史前的大象骨骸考證

到陌生詩人剛出版的處女詩集

同時並列又不相屬

用讓人無法查覺的方式

暗喻大爆炸的原理

那撞擊的力道

是無數次的頓悟？

無遠弗屆的靈感？

一行足以捆鎖人心的詩句？

企圖暗藏無限時間的無限空間

濃縮在一顆種子裡

像被控制的圖書館電源

是否只在九點到九點之間

是否只在最適合的季節
所有的關卡才開放給執意進入的人？

走過你無邊界的邊界
像走進一個神奇的荒原
在那裡學習上帝的意志
要詩發芽就發芽
尋找靈感之光就遇見光

The Library

Stepping into your boundary,

I enter a realm without borders.

No hierarchies,

Yet levels clearly defined.

Time stretches,

From prehistoric elephant bones

To the debut poetry collection of an unknown poet.

Side by side yet worlds apart,

In ways imperceptible,

Hinting at the principle of the Big Bang.

Is that collision the force of countless epiphanies?

Boundless inspiration?

A line of poetry that can ensnare the heart?

Attempting to hide infinite time in infinite space,

Condensed within a seed,

Like the controlled library power,

Is it only from nine to nine?

Is it only in the perfect season

That all gates open for those determined to enter?

Passing through your boundless boundary,
Is like walking into a magical wilderness.
There, learning the will of God: To let poetry sprout,
To seek the light of inspiration and find it.

오색조의 하늘

나는 위를 올려다보고, 소리 높여 노래한다.
하늘, 무한하고 질서 있는 자유.
하늘, 거울처럼
바다 위로 밀려오는 파도를 비춘다.
흐르는 구름, 모여드는 구름,
우주의 어디에서 결국 부딪히게 될까?
보이지 않는 힘들이
바람 속에서, 번개 속에서,
그리고 나의 율동적인 쪼는 소리 속에서도.
거울 속에서 나는 새벽의 무한한 놀라움에
작은 질서의 흐름이 박동하는 것을 본다.

나는 먼 곳을 바라보는 것을 좋아하고,
가장 높은 나무에 둥지를 틀곤 한다.
제발 내 하늘을 막지 말아 줘,
해가 뜨고 지는 그곳에서
나는 꿈을 만들어 간다.

이 독특한 숲에 앉아 있는 것은

우연이 아니다.
만약 내가 내는 단조로운 쪼는 소리를 듣는다면,
도우-도우-도우-도우,
그건 질서 있게 밀려오는 파도,
내면의 힘이 터져 나오는 서곡,
우주의 교향곡 서막이다.

내 깃털은 원래부터 화려하지만,
내 사랑은 단 하나.
숲속 나무들이 가득하지만,
나는 마른 나무줄기에 둥지를 틀기를 좋아한다.

언젠가
내 깃털은 땅으로 모이겠지만,
이 다채로운 새의 하늘은 남아 있을 것이다.
만약 네가 예상치 못하게 단조로운 도우-도우-도우 소리
를 듣는다면,
그건 거울의 이미지가 울려 퍼지는 메아리.
세대에서 세대로,

린셩빈(林盛彬, LIN Sheng-Bin)   271

다채로운 새들은 질서 있게 날아오른다.
산들은 여전히 우뚝 서 있고,
숲은 여전히 푸르르며,
타이완 오색조의 하늘은 영원히 지속된다.

五色鳥的天空

我仰望，我歌唱

天空，無限，有次序的自由

天空，像一面鏡子

倒映著海面波波推進的浪潮

流過的雲，聚積的雲

最終將拍打在宇宙哪個邊岸？

看不見的力量

在風中，閃電中

也在我單調有節奏地啄木聲中

我在鏡中看見細微而有次序的電流

拍打在每日無限驚喜的黎明

我喜歡遠眺

我選擇在高樹築巢

請別遮住我的天空

太陽升起和降落之處

是我創造夢想的地方

棲息在這個獨一無二的森林

린셩빈(林盛彬, LIN Sheng-Bin)

決非偶然
如果你聽見我單調的啄木聲音
哚哚哚哚
那是有次序推進的浪
是內在力量爆發的起音
宇宙天籟的序曲

我天生顏色繽紛
但我的愛情只有一個
森林的樹木繁多
我偏在乾枯的樹幹築窩

總有一天
我的羽毛會被大地收藏
但是五色鳥的天空還在
如果你不期然聽到單調的哚哚哚
那是鏡中影像的回聲
一代又一代
五色鳥有次序的飛翔

山還是一樣高聳
樹林還是一樣青綠
五色鳥的天空還在

린성빈(林盛彬, LIN Sheng-Bin)

275

The Sky of the Taiwan Barbet Bird

I gaze upward, I sing aloud,

Sky, infinite, orderly free.

Sky, like a mirror,

Reflecting waves advancing on the sea.

Clouds flowing, clouds gathering,

Where in the universe will they finally crash?

Invisible forces

In the wind, in the lightning,

Also, in my rhythmic pecking sounds.

In the mirror, I see tiny ordered currents

Beating at the dawn's boundless surprises.

I love to gaze into the distance,

I choose to nest in the tallest trees.

Please don't block my sky,

Where the sun rises and falls,

That's where I create my dreams.

Perching in this unique forest

대만 시인 20인 시선집(20位台灣詩人詩集)

Is no accident.

If you hear my monotonous pecking,

Dou-dou-dou-dou,

It's the orderly advancing waves,

The inner strength's bursting prelude,

The overture of the universe's symphony.

My plumage is naturally vibrant,

Yet my love is singular.

In a forest full of trees,

I prefer to nest in a withered trunk.

Someday,

My feathers will be gathered by the earth,

But the sky of the colorful bird will remain.

If you unexpectedly hear the monotonous dou-dou-dou,

That's the echo of the mirror's image.

Generation after generation,

린성빈(林盛彬, LIN Sheng-Bin)   277

Colorful birds fly in order.

Mountains remain lofty,

Forests remain lush,

And the sky of the Taiwan Barbet bird endures.

타이 친 초우
(戴錦綢, Tai Chin-chou)

타이 친 초우(戴錦綢) 시인은 대만 타이난에서 태어나 국립성공대학(國立成功大學)병원 비뇨기과 과장직에서 은퇴했다. 그녀는 시와 산문을 쓰며, 주로 병원에서 환자들의 고통과 죽음을 반영하는 작품을 발표한다. 시집으로는 《탄생》, 《출항》, 《귀향》이 있다. 그녀는 2009년과 2017년에 몽골에서 열린 대만-몽골 시 축제, 2014년 쿠바에서 열린 '시의 섬' 축제, 2015년 미얀마에서 열린 동남아시아 중국계 시인 회의, 2016년 방글라데시에서 열린 카탁 국제 시인 회의, 2019년 루마니아에서 열린 국제 시 축제 '쿠르테아 드 아르제시 시의 밤', 그리고 타이난에서 2015년 열린 포르모사 국제 시 축제와 2018년부터 2024년까지 단수이에서 열린 포르모사 국제 시 축제에 참여했다.

황금빛 튤립

노을은 나무판자로 된 길에
아름다운 그림자를 점점 길게 드리우고,
천천히 그리고 매혹적으로 끌어당긴다.
황금빛 햇살은 마치 다이아몬드처럼
찬란하게 쏟아져 내린다.
바람은 공중에서 부드럽게 불며
제 생각을 쏟아놓는다.
단수이강이 이에 화답하며 춤춘다.
여행자는 세속의 피로를 걸친 채
황금빛 속에서 씻겨지고,
손에 한 잔의 포도주를 들고
낯선 향기를 음미한다.
집으로 가는 느낌은 점점 강해진다.
나는 황금빛에 취해
그리움을 달래고 있다.

대만 시인 20인 시선집(20位台灣詩人詩集)

金色的鬱金香

夕陽將木棧道的倩影

拉得越來越長

逐漸誘惑的吸引

金色陽光如鑽石般

灑落它身上金碧輝煌

風在空中輕輕吹

似傾訴心中的思念

淡水河漫舞著回應

旅人披著凡塵的疲憊

在金光中洗滌

掬一杯醇酒

細細品味著異鄉的味道

回家的感覺越來越濃郁

沈醉在金光中

思鄉的情懷已撫慰

Golden Tulips

The sunset projects the beautiful shadow of

Wooden plank road longer and longer,

Gradually and seductively attracts

Such that golden sunshines looked like diamonds

Sprinkling down its splendid.

The wind blows gently in the air

To pour out what it thinks about.

Tamsui River dances in response.

The traveler wears the fatigue of mortal world

Washed in golden light

And has a glass of wine on hands

To savor the foreign smell.

The feeling of going home is getting much stronger.

I am drunk in the golden light

Having soothed my homesickness.

어부의 부두에서 본 일몰

짙은 구름 사이에서
주황빛이 생명의 광채를 뿜어내고,
바닷바람은 서서히 사랑을 불어넣는다.
저녁노을의 실루엣 속에서
짙고, 두텁고, 길고, 부드럽게 퍼져간다.
멀리 보이는 등대는
'Hola'라는 메시지를 반짝이며
300년 전 이곳에 전해졌던
노을이 항상 머무는 작은 마을을 비춘다.
그 기억은 이미 홍모성의 벽돌 속에서
서서히 녹아 사라지고 있지만,
어부의 부두에서 바라본 일몰은 여전히 애틋하게
머리카락 끝에 스치는 미풍에 남아
설레는 마음을 살며시 자극한다.
하나씩 켜지는 가로등들이
일몰이 떠나갔음을 알리고,
내일의 또 다른 빛남을 기다리게 한다.

타이 친 초우(戴錦綢, Tai Chin-chou)　　　　　283

漁人碼頭落日

一抹橘紅在厚雲中

衝出生命的光彩

海風徐徐吹送愛情

在夕陽的剪影中

濃濃厚厚綿綿長長

遙望遠方的燈塔

閃著hola的訊息

三百年前曾經傳達

夕陽總是到臨的小鎮

那抹記憶已在紅毛城的磚瓦中逐漸消融

漁人碼頭的夕陽仍在依依不捨

留戀在髮梢的微風

輕輕挑動驛動的心

一盞一盞亮起的街燈

宣示落日已告別

明日期待再一次光采

Sunset at Fisherman's Wharf

A little bit of orange red color rushes out of
Thick clouds the glory of life.
The sea breeze blows love slowly
In silhouette of sunset
Thick snd heavy, and long-lasting.
I look into distance the lighthouse
Flashing hola message
Which has been conveyed three hundred years ago
To the town where the sunset always comes.
That memory has gradually melted away
In the bricks and tiles of Fort San Domingo.
The sunset at Fisherman's Wharf is reluctant to leave
Still nostalgic for the breeze at the tips of my hair
Gently stir up my wandering mind.
Street lights are lighting up one by one
To declare the sunset having said farewell
And looking forward to brighting again tomorrow.

타이 친 초우(戴錦綢, Tai Chin-chou)

담수이 강변의 속삭임

단수이 강가를 거닐면
바닷바람이 먼 곳의 소식을 전해온다.
부드러운 물소리가
속삭이듯 마음을 풀어놓는다.
그녀의 붉은 치마가 자유롭게 흩날리며
내 마음 깊은 곳을 자극한다.
귓가에 들려오는 월금 소리는
그리운 고향을 이야기한다.
발걸음은 천천히, 마음은 차분히 가라앉고,
저녁노을의 황금빛을 따라
단수이 강가를 맴돌며 머무른다.
멀리 보이는 관음산의 그림자는 선명하고,
유람선의 모터 소리가
멈추고 싶지 않은 이 속삭임을 깨뜨린다.
다시금 여행자의 발걸음은 시작된다.

대만 시인 20인 시선집(20位台灣詩人詩集)

淡水河邊絮語

漫步淡水河邊

海風帶來遠方訊息

輕輕的水流聲

絮絮叨叨著心情

她肆意飄揚的紅裙

撩撥著我心底那塊

耳邊傳來的月琴聲

訴說思念的故鄉

腳步慢慢心情沈澱

隨著夕陽的金光

留戀徘徊在淡水河邊

遠方關音山的倒影清晰

一陣遊船的馬達聲

喊破這段不想沈歇的絮語

遊人的腳步再一次啟程

Chattering by Tamsui River

She strolls along Tamsui River.
The sea breeze brings messages from afar,
The gentle sound of water stream
Chatters incessantly about its mood.
She wantonly flutters her red skirt
To tease the Taiwanese Moon Lute sound
Coming to my ears and remaining in my heart,
Telling about missing hometown.
My steps are slow and my mood settles down
Following the golden light of sunset,
I linger in nostalgia by Tamsui River.
The reflection of Mount Guanyin in distance is clear.
A noise of cruise ship's motor
Breaks out this incessant chatter.
The footsteps of tourists set off again.

첸시우첸
(陳秀珍, Chen Hsiu-chen)

첸시우첸(陳秀珍) 시인은 13권의 책을 출간했다. 그녀의 시 중 일부는 20개 이상의 언어로 번역되었으며, 수십 개의 국제 시선집에 선정되었으며, 콜롬비아의 《Small Boat》 국제 잡지 9호 표지에 실렸다. 시전문잡지 삿갓시회(笠詩社)의 주편집자이며 다수의 저서가 있는데 《Non-diary》(2009), 《String Echo in Forest》(2010), 《Mask》(2016), 《Uncertain Landscape》(2017), 《Promise》(2017), 《Poetry Feeling in Tamsui》(2018), 《Fracture》(2018), 《My Beloved Neruda》(2020), 《Virus takes no rest》(2021), 《Encountering with Cesar Vallejo》(2022), and 《Heaven on Earth》(2022) 등이 있다. 그녀의 작품은 20개국 이상의 언어로 번역되었는데 Bangladesh, Macedonia, Peru, Tunisia, Chile, Vietnam, Romania and Mexico 등의 여러 국제시 축제에 참여하였다. 2018년 페루에서 'Morning Star Prize'상을 받았고 2020년에는 레바논에서 'Naji Naaman Literary Prizes'상을 받았으며 2024년에는 시리아 국제 인문 및 창의성 문화 포럼에서 올해의 국제 지식인상을 수상했다.

인간과 신

전쟁하는 양쪽 진영이
같은 신을 믿는다고 하네.
왼쪽 진영이 우리가 진실이라고 우기고
오른쪽 진영이 우리가 정의라고 외치고 있네.
양쪽이 함께 같은 신을 향하여
같은 전쟁터에서 우리에게 승리를 달라고 빌고 있네.
신이 두 쪽으로 나뉘어
진퇴양난에 빠졌네.

전쟁하는 양쪽 진영이
다른 신을 믿는다고 하네.
양 당사자는 각자 자신의 신에게 기도하네.
같은 전쟁터에서 승리할 수 있게 해달라고
왼쪽 진영이 우리가 승리하게 해달라고 기도하고
오른쪽 진영이 적들이 패배하게 해달라고 바라네.
인간 대 인간의 전쟁이 발전하여
순결한 신 대 신의 전쟁으로 바뀌고
사람들은 어느 신이 진정한 신인지
미사일로 밝히려 하네.

人與神

戰爭的雙方

信仰共款的神

倒爿深深相信　真理企在家己這爿

正爿深深相信　公義企在家己這爿

雙方同時向共款的神

求保庇共一個戰場的勝利

神家己分裂做兩爿

不知欲安怎才好

戰爭的雙方

信仰無共款的神

雙方分別拜請家己的神

保庇共一個戰場勝利

倒爿深深相信家己這爿穩贏

正爿深深相信對方穩輸

人佮人的戰爭演變成

無辜的

神佮神的戰爭

人用砲彈決定

첸시우첸(陳秀珍, Chen Hsiu-chen)

誰的神
才是真神

People and God

The people on both sides of the war
Believe the same God.
The left side insists——the truth is ours,
The right side insists——the justice is ours.
Both sides face toward the same God at same time
To pray for the victory on the same battlefield.
The God is separated into two halves
And caught in a dilemma.

The people on both sides of the war
Believe different Gods.
Both sides face toward own God to pray
For the victory on the same battlefield.
The left side insists own to be victory,
The right side insists opposite to be defeated.
The war between people and people
Becomes an innocent war
Between God and God.
The people utilize missiles to decide

첸시우첸(陳秀珍, Chen Hsiu-chen)

Whose God

Is a real one.

빛에 대한 동경

1
정글 속에서
반딧불이 형광빛을 반짝인다.
나는 따스함이 전해줄 희망의 빛을 본다.

빛의 점들이 모인 언덕을 찾아
내 발걸음은 앞으로 나아가네.
희미한 빛들은 갑자기
수백만의 역광 속 손들에 사라지며
빛을 향한 눈들은
수백만의 불의한 손들 때문에 사라지네.

이 페이지 위에서
역사의 형광빛은 꺼지고
내 눈 속의 빛도 꺼져가네.

오, 나의 네루다여,
우주는 너무나 어두워
당신의 시 속으로

첸시우첸(陳秀珍, Chen Hsiu-chen)

손을 뻗어
행복한 형광을 잡으려 한다.
당신은 나를 옹호할 것인가?

2
"어둠 속에서
너는 형광이 되어야 한다."
이것이
모든 반딧불이 남기고 싶은
유일한 유언이다.
빛을 사랑하는 이에게

어둠 앞에서
누군가는 마음속 불씨를 꺼버리고
검은 벽이 되어가네.

오, 나의 네루다여,
당신은 안정된 삶을 살았고,
스페인은 당신의 마음속에 있었네.*

당신은 작은 형광으로
거대한 어둠의 시대에 맞섰네.
당신의 형광 속에서
나는 생각하네,
어떻게 하면 내가 반딧불이가 될 수 있을지.
대만은 내 마음속에 있네.

몽롱한 상태에서
나는 반딧불이의 예언자들이 선포한
계시를 들었소:
반딧불이의 정신적 진보를 탐구함에 있어
반딧불이의 정신을
계승하는 것에서 물러서지 말라.

어두운 배경 속에서
나는 서서히 깨달아가오,
누가 형광을 만들어
검은 벽을 밝히는지.

* 네루다의 시 〈내 마음속의 스페인〉

첸시우첸(陳秀珍, Chen Hsiu-chen)   297

慕光

1

叢林

閃現螢光

我看見溫暖

將擴散的希望之光

我邁開腳步

追尋光點集結的山坡

微弱光點忽然被千千萬萬

逆光的手追緝

向光的眼睛

被千千萬萬不義之手

追緝

在這一頁

歷史上的螢光熄滅

我眼睛的光熄滅

聶魯達啊

宇宙如此黑暗

我試圖把手

伸進你的詩篇

捕捉

幸福螢光

你會為我平反嗎?

2

「面對黑暗

你要成為螢光」

這是每一隻螢火蟲

想要留給慕光者

唯一的遺言

面對黑暗

有人熄滅心中火種

變成黑暗的牆

聶魯達啊

你在安穩的生活中
西班牙在你心中*
你是一點螢光
對抗巨大黑暗
在你螢光中
我思考
如何成為一隻螢火蟲
台灣在我心中

恍惚
聽見螢的先知
啟示：
探索螢的心路
繼承螢的心事
無退路

在黑暗背景中
我漸漸分辨出
誰是螢光

照亮黑牆

* 聶魯達詩〈西班牙在我心中〉

Admiration of Light

I.

In jungle

The fireflies flash florescent light.

I notice the light of hope

That will be spread by warmth.

I am moving my footsteps forward

To find the hillsides where light spots gather.

Faint light spots are suddenly hunted by

Millions of backlit hands

While the eyes toward to light

Are hunted by

Millions hands of injustice.

On this page

The fluorescent light in history goes out

And the light in my eyes goes out too.

Oh, my Neruda,

대만 시인 20인 시선집(20位台灣詩人詩集)

The universe is so dark

That I try to extend my hands

Into your poetry

To catch

Happy fluorescent light.

Will you declare a vindication for me?

II.

"Among the darkness

You should be the fluorescence."

This is the only will

That every firefly would like to leave

To the admirer of light.

In front of the darkness

Someone extinguishes the tinder in his heart

To become a black wall.

Oh, my Neruda,

첸시우첸(陳秀珍, Chen Hsiu-chen)   303

You lived in a stable life,

Spain is in your heart*.

You countered against a great dark age

By means of a bit of fluorescence.

In your fluorescence

I think

How to become a firefly.

Taiwan is in my heart

In a trance

I heard a revelation

Announced by prophets of firefly :

For exploration of the progress of the firefly's mental

Do not retreat from

Inheriting firefly's mental.

On a dark background

I gradually recognize

Who generates fluorescence

To illuminate the black wall.

* One of Neruda's poems is entitled with "Spain in My Heart".

손가락

초과근무를 하는 컨베이어 벨트의
작업을 일찍 그만두었기에
내 거친 손가락은
자매들과 비교하면
훨씬 좋아 보인다.
나는 그런 가느다란 손가락이
흑백 건반을 사랑해야 한다는 이야기를 들었지.

흠집 하나 없는 옥과 같은 손가락은
다이아몬드 반지에 붙잡히고,
꽃에 안긴다.
나는 그런
완벽한 손가락을 볼 때마다
너무 목마르고
한입 베어 물고 싶었지.

죽은 가지와 같은 손가락은
얼음 서리에 젖고,
끓는 기름을 뿌리고, 전기 충격을 받은 손가락이며,

대만 시인 20인 시선집(20位台灣詩人詩集)

공장에서 부품을 조립하는 데 사용되는 손가락이며,
뜨거운 태양 아래서 심고 수확하는 손가락이며,
차가운 빗속에서 낚시하고 사냥하는 손가락이지.

주먹을 쥐고,
뻗고, 구부리고, 흔들며,
지나치게 사용되어 변형된 손가락,
자신의 땀 냄새를 닦고
다른 사람을 위해 눈물을 닦는 손가락,
그렇게 열심히 일하고 후회 없는 손가락은
내 부모님을 떠올리게 하지.

체시우첸(陳秀珍, Chen Hsiu-chen)

手指

因為提早遠離
超時運轉的輸送帶
我粗糙的手指
和姊妹相較
顯得年輕許多
聽說這樣修長的手指
應該與黑白鍵談戀愛

沒有瑕疵的玉指
被鑽石拘捕
被鮮花擁護
每次看見如此
完美手指
我都好想
輕輕咬上一口

如枯枝的手指
是泡過冰霜
噴過沸油觸過電的手指

是在工廠組裝零件
是在烈日下
種植和收割的手指
是在寒雨中
捕魚和打獵的手指

不斷握拳，伸展，彎曲，
搖動的手指
過勞而變形的手指
幫自己擦掉汗臭
為他人拭去眼淚
這樣辛勤而無悔的手指
讓人想起父母

Fingers

Because I left early operation of
The conveyor belt that running overtime
My rough fingers
In comparison with my sisters
Are looked much younger.
I heard about such slender fingers
Should fall in love with black and white keys.

The flawless jade-like fingers
Are arrested by diamond rings,
Embraced by flowers.
Every time I look at such
Perfect fingers
I am so thirst want to
Take a bite lightly.

The fingers being like dead branches
Are those fingers soaked in ice frost,
Sprayed with boiling oil and shocked by electricity,

Those fingers worked to assemble the parts in factory,

Those fingers to plant and harvest

Under the scorching sun,

And those fingers to fish and hunt

In the cold rain.

Those fingers constantly done in making fists,

Stretching, bending and wagging,

Those fingers deformed from overuse,

And those fingers to wipe away own sweat smell

And to wipe away tears for others,

Such hard-working and no regrets

Reminds me of my parents.

치엔 주이 링
(簡瑞玲, CHIEN Jui-ling)

치엔 주이 링(簡瑞玲) 시인의 필명은 누리아 치엔(Nuria Chien). 대만 남부에서 태어나, 세계시인운동협회(世界詩人運動組織, Movimiento Poetas del Mundo)와 Li 시 협회의 회원으로서 각각 스페인어 번역가, 교사, 시인으로 활동 중이며, 현재 국립 타이중 교육대학교(National Taichung University of Education)에서 박사 과정에 있다. 그녀는 페루, 베트남, 멕시코, 포르모사에서 열린 국제 시 축제에 참여했으며, 페루 리마의 라디오 프로그램 'Adam's Belly Button'에서 스페인어로 인터뷰를 진행한 바 있다. 그녀는 시집 《At Dawn》, 《The Voyage of the Island》, 《Promise》와 소설 《Daofeng Inner Sea》를 스페인어로 번역했다. 2023년 5월에는 페루(Peru) 산티아고 데 추코(Santiago de Chuco)의 명예시민으로 선정되었고, 같은 해 9월에는 미국 오르페우스 텍스트 문학 번역가 연례상을 수상했다.

나의 파도

시간은 끝없는 파도,
밀려오면 이전의 발자국들은 씻겨져 나가고,
나는 앞으로 계속 달려가지.
하지만 나는 여전히 바란다,
매번 파도가 필연적으로 닿기 전에
너와 나 사이에서, 그 순간에
영원히 멈추기를

我的浪

時間是循環不滅的波浪
起跑後，沖散了先前的足跡
不停往前奔去
但我仍然盼望
在每一個波浪必然的到來前
你我之間，在那一瞬間
將永遠被停住

치엔 주이 링(簡瑞玲, CHIEN Jui-ling)

My Waves

Time is everlasting waves,

After rushing, the previous footprints were washed away,

And keep running forward.

But I still hope

Before every wave inevitably arrives,

At that moment, between you and me,

Will stop forever.

안녕, 안녕

지하철에서 내린 소녀는 단수이(淡水) 지하철역에게 말했다.

지하철에 막 들어가려던 소년은 어부의 부두에게 말했다.

어선은 항구에 말했다.
항구는 어선에 말했다.

안녕, 안녕.

종은 울리며 시계탑에 계속해서 말했다.
가로등은 분주하고 붐비는 도시에 말했다.

안녕, 안녕.

내일 나는 말하겠지.
오늘의 나에게 말할 거야.

안녕, 안녕.

치엔 주이 링(簡瑞玲, CHIEN Jui-ling)   317

再見，再見

下車的女孩，對著淡水捷運站說
正要進地鐵的男孩，對著漁人碼頭說

漁船對漁港說
漁港對漁船說

再見，再見

鐘聲響起，一遍一遍對著鐘樓說
街燈對匆忙的城市說

再見，再見

明天，我也將說
將對今日的自己說

再見，再見

Goodbye, Goodbye

The girl who got off the subway said to Tamsui subway
station
The boy who was about to enter the subway said to
Fisherman's Wharf

The fishing boat said to the fishing port
Fishing port said to the fishing boat

Goodbye, Goodbye

The bell rang and said it to the tower clock over and
over again
The lampposts said it to the rushing, crowded city

Goodbye, Goodbye

Tomorrow, I'll say,
Say to me who belongs to today

Goodbye, Goodbye

치엔 주이 링(簡瑞玲, CHIEN Jui-ling)

시(詩)는 항상 존재하리라

시인이 없다 해도, 시는 항상 존재하리라.
페루 시인 발레호(Vallejo)는 글을 쓰고 싶어 했는데,
그저 거품처럼 흘러나왔다고 말했다.
나는 퓨마가 되고 싶지만,
양파가 되고 만다.

삶에서 이런 고통스러운 타격들이 있는 한,
악이 크게, 또 여러 번 거세게 아픔을 주는 한,
웃고 있지만
마음속에 칼에 베인 듯한 고통이 있는 한,
시는 존재하리라!

우주에 풀리지 않는 수수께끼가 있는 한,
이성과 감성이 계속해서 싸우는 한,
하늘과 바다가 항상 맞닿아 있으나 결코 하나가 될 수 없는 한,
시는 존재하리라!

영혼이 기쁨을 느끼지만, 그 기쁨을 드러내지 않는 한,

자신을 바라보는 눈을 반사하는 눈이 있는 한,
한숨 쉬는 입술에 입술이 대답하는 한,
시는 존재하리라!

바람이 향기와 조화를 실어 나르는 한,
희망과 기억이 있는 한,
말할 수 없는 비밀이 있는 한,
시는 존재하리라!

만개한 채로 시드는 것처럼,
불타는 황금빛이 어둠을 가를 때,
주제는 다하고 보물은 고갈되었다고 말하지 말라.
베케르(Bécquer)는 말했다. 세상에 시인은 사라질지 몰라
도,
시는 항상 존재하리라!

總是有詩

或許詩人不在，但總是有詩

祕魯詩人巴耶霍說他想寫

但出來的是泡沫

我想成為美洲獅

卻成為洋蔥

當生活的打擊如此巨大

邪惡傷害一次比一次凌厲

當笑容可掬

而內心有如刀割時

就有詩！

當宇宙還存有未解的奧秘時

當情感與理性搖擺搖擺不定時

當天空與海洋總是相連卻永不能在一起時

就有詩！

當生命感到歡樂，沒有表現出來時

當兩對雙眸互望，映照出彼此時

當嘴唇嘆息著回應另一雙嘴唇的嘆息時
就有詩！

只要空氣還擁抱和諧與馨香
只要還盼有期待與回憶
只要還有不能說的秘密
就有詩！

盛開的同時也在凋謝
當火紅金陽劃開黑暗
別再說寶藏已盡，材料已枯竭
貝克爾已說，即使詩人不再
詩歌也會源源不絕

치엔 주이 링(簡瑞玲, CHIEN Jui-ling)   323

There Will Be Poetry

There may not be poets, but there's always poetry.

Peruvian poet Vallejo said he wanted to write,

But it came out of bubbles.

I want to be a cougar,

But become an onion.

As long as there are in life such hard blows;

As long as the evil hurts much and so much more than

once fiercely;

While you smile,

But the heart inside feels like a knife cut,

There will be poetry!

As long as there is an unsolved mystery in the universe;

As long as the sense and sensibility keep battling;

As long as the sky and the ocean are always connected

but could never together,

There will be poetry!

As long as the soul feels joyful and does not show it up;

As long as there are eyes that reflect the eyes that contemplate them;

As long as the sighing lips respond to the lips that sigh,

There will be poetry!

As long as the breeze carries perfumes and harmonies;

As long as there are hopes and memories;

As long as there is secret that cannot be told,

There will be poetry!

It's also withering while in full bloom,

As long as the fiery gold slashes the darkness.

Don't say, its treasures used up and short on themes,

Bécquer has said, the world could run out of poets, but always

There will be poetry!

치엔 주이 링(簡瑞玲, CHIEN Jui-ling)　　　325

린 이춘
(林怡君, Lin Yi-chun)

린이춘(林怡君) 시인은 현재 대만 담강대학교 교사교육센터 부교수로 재직 중이다. 그녀는 십 대 시절부터 시에 관심을 가지기 시작했으며, 중학교 시절 시 낭송 동아리에 가입하였다. 다양한 관심사를 가진 그녀는 미국 아이오와 대학교에서 상담교육 박사 학위를 취득하였다. 담수이로 돌아온 후, 세계적으로 유명한 시인인 그녀의 멘토 리쿠이셴(Lee Kuei-shien)시인의 격려 속에서 다시 시를 쓰기 시작했다. 그녀는 2022년부터 포모사 국제 시 페스티벌에 참가하였으며, 《리 시(Li poetry)》에 시를 발표했다. 그녀의 작품으로는 〈신들의 캔버스(Canvas of Gods)〉, 〈담수이의 로맨스(Romance of Tamsui)〉, 〈담수이의 석양(Sunsets in Tamsui)〉 등이 있으며, 이는 담수이의 아름다움을 그려냈을 뿐만 아니라 그녀의 청소년 시절을 그리고 있는 작품이기도 하다.

신들의 캔버스

단수이(淡水河)의 하늘은 신들의 캔버스다.
흐린 날이면 관음보살이 산에 먹을 튀기며
회색과 흰색으로 그린 동양화를 만든다.
맑은 날이면 바다의 여신 마주(媽祖)가 바다 위에 그림을
그리며
생생한 수채화 걸작을 완성한다.
가장 아름다운 순간은 비가 그친 후
예수님이 어두운 구름 뒤에서 등불을 밝히며
성스러운 빛의 기적 같은 설치 미술을 펼친다.
타툰산(大屯山)을 붓꽂이로 사용하고
단수이강(淡水河)에서 붓을 씻으며
때로는 물이 검은 먹물이 되고
때로는 황금빛으로 빛나며
어부의 부두 너머에 무지개를 남긴다.
고속철(MRT)의 색칠된 객차들이
바다 위를 하나씩 질주하며
삶의 그림은
신들의 즉흥 작품일 뿐
비가 오나 맑으나

흑백이든 색채든
모든 것은 위에서 내려온 가장 아름다운 축복이다.

眾神的畫布

淡水的天空是眾神的畫布
陰天時　是觀音在山上潑墨
寫意一幅國畫灰白
晴天時　是媽祖在海上彩繪
渲染一幅鮮豔水彩

最美是雨後乍晴
耶穌從烏雲背後點上燈
構成一道奇異聖光裝置藝術

拿大屯山做筆架
用淡水河洗滌畫筆
有時染成墨黑
有時閃著金光
揮灑間留下一筆彩虹
跨過情人橋

幾米的彩繪車廂
一節節在海上奔馳

生命的風景

不過是眾神的即興創意

天雨或天晴

黑白或彩色

都是最美的祝福

The Canvas of Gods

The sky of Tamsui is the canvas of the gods
In cloudy days, it's Mercy Goddess Guanyin splashing
ink on the mountain
Making a Chinese painting in gray and white
In sunny days, it's Sea Goddess Matsu painting on the
sea
Rendering a vivid watercolor masterpiece

The most beautiful time is when the sun comes out
after the rain
Jesus lights up lamps behind the dark clouds
A miraculous installation art of holy light

Using Mount Tatun as a brush stand
Washing the brush with the Tamsui river
Sometimes water turns ink black
Sometimes shining with golden light
Leaving a rainbow in the air
Right across fisherman's pier

MRT's Painted carriage

Rushing on the sea one by one

The picture of life

Is only the improvisation of Gods

Rain or shine

Black and white or color

All are the most beautiful blessings from above

세상이 가장 혼란스러울 때

당신이 나를 마음에 품었을 때
나는 세계의 중심이 되었다.
오대양과 칠 대륙
시인들의 약속은
구름 날개로
철새처럼
단수이강(淡水河)으로 날아간다.

세상이 가장 혼란스러울 때
전쟁의 불길이 끊임없이 일어나고
실업과 인플레이션
머리 위에 거대한 먹구름이
무겁고 숨 막히게 드리운다.
내게 의지할 수 있는 시를 주고
내가 춤출 수 있는 노래를 달라
우리는 여기서 독재의 위협에 맞서고 있다.
결코, 재난에도 굴복하지 않는 시인들의 무리

사람들은 여기가 위험한 나라라고 말한다.

대만 시인 20인 시선집(20位台灣詩人詩集)

위대한 시인들은 말한다.
여기는 포르모사(福爾摩沙),
아름다운 섬이라고
가장 불안정한 시기에조차
여전히 친절한 사람들의 집이 남아 있고
결코, 초심의 약속을 잊지 않고
전 세계의 시인들을 환영한다고

린 이춘(林怡君, Lin Yi-chun)

在世界最混亂的時候

當你把我放在心裡

我成了世界的中心

五大洋七大洲

詩人的默契

乘著雲的翅膀

像候鳥般

飛回淡水河畔

在世界最混亂的時候

戰火一個接著一個

失業和通膨

巨大的烏雲在頭頂

沈重的喘不過氣

給我一首詩

讓我可以依靠

給我一首歌

讓我可以舞蹈

我們是一群不怕威權恫嚇

不向災難低頭的詩人

世人說這裡是危險之地

詩人說

這裡是福爾摩沙

一座美麗島嶼

在最驚慌的年代

仍有最友善的人民

從沒有忘記最初的約定

歡迎世界各地詩人到訪

In the world's most chaotic time

When you keep me in your heart
I became the center of the world
Five Oceans and Seven Continents
The Commitment of poets
Travel by the wings of clouds
Like migratory birds
Fly back to Tamsui River

In the world's most chaotic time
The flames of war come one after another
Unemployment and inflation
Huge dark clouds overhead
Heavy and breathless
Give me a poem
That I can count on
Give me a song
That I can dance for
We are here standing against authoritarian intimidation
A group of poets who never yield to disasters

People say this is a dangerous country

Great poets say

This is Formosa

A beautiful island

In the most unstable time

Still keep homes of friendly people

Never forget the initial promise

Welcoming poets around the world

시인의 축제

석양에 입맞춤을 받은 듯 붉게 물든 얼굴
강변에서 밤에 춤을 추고
술 없는 잔치
중료(忠寮) 마을의 환대가
시인들을 취하게 만든다.
술은 오직 피 속에서만 흐르고
우정의 진한 밀도가
영혼 깊숙이 스며든다.

누군가는 영어로 시를 읽고
누군가는 대만어 노래를 부르고
누군가는 스페인어로 사랑을 속삭인다.
다른 이들은 일본어, 이탈리아어, 케냐어로 시를 낭송한다.
언어의 거리가 있지만
눈빛은 곧바로 마음의 밑바닥까지 닿는다.
아마도 전생에 맺은 약속이었을까
우리가 다시 만나게 된 것은
포르모사의 기억 속에서

詩人的狂歡

被夕陽吻過而漲紅的臉
交錯在點點的星光下
在水岸夜色中婆娑起舞
這場沒有酒精的盛宴
詩人啜飲的
是忠寮鄉民的熱情
酒精只能流入血液
人情味的濃度
卻可以滲透靈魂

你讀著英文的詩句
我吟唱著台語的歌曲
他說著西班牙語的情話
日語 義大利文 再來一段肯亞語
語言也許有距離
眼神卻直達心底
必定是來自某一世的約定
讓我們再次相逢
在福爾摩莎的記憶裡

린 이춘(林怡君, Lin Yi-chun)   341

The Party of Poets

A face that flushed as it had been kissed by the sunset

Dancing in the night on the riverside

A feast without wine

It's the hospitality of Zhongliao Village

Make the poets feel tipsy

Alcohol can only flow in the bloods

Density of friendship

Run into the souls

Some read English poems

Some sing Taiwanese songs

One speaks love words in Spanish

Others recite poetry in Japanese, Italian, and some

Kenyan

Languages may cause distances

Eye contact goes straight to the bottom of hearts

Maybe the promise was made in the previous life

Let us meet again

In the memory of Formosa

대만 시인 20인 시선집(20位台灣詩人詩集)

터창 마이크 로
(羅得彰, Te-chang Mike Lo)

터창 마이크 로(羅得彰)는 1978년생으로 대만 출신이다. 어릴 적 가족과 함께 남아프리카공화국으로 이주하여 25년 넘게 거주하며 분자 의학 박사 학위를 취득했다. 대만으로 돌아와 자신의 대만 정체성을 찾으려는 과정에서 우연한 계기로 통역, 번역, 교육, 글쓰기로 진로를 전환했다. 현재는 대만 북부의 담수이(Tamsui)에 거주하며, 글쓰기 능력과 문학적 이해를 더욱 갈고닦기 위해 다시 대학원에 진학하여 영어 박사 과정을 밟고 있다. 그는 대만 시인 리유팡(李郁芳)의 시집 《새벽에(At Dawn)》와 케냐 시인 크리스토퍼 오켐와(Christopher Okemwa)의 《선집(Selected Poems)》을 번역했다. 그의 첫 중국어-영어 이중언어 시집 《대만의 낮, 남아공의 밤(Taiwan Days, South African Nights)》은 2023년 9월에 출간되었다.

대만의 낮, 남아프리카의 밤

눈을 떠서 움직인다.
나와 같은 피부색을 한 무리와 함께
내 마음은 그 무리와 함께, 때로는 반대 방향으로 헤엄친다.
11,000km 떨어진 남아프리카 고원의 뇌우가
내 귀에 더 크게 울린다.
방금 내 발가락을 스쳐 지나간
스쿠터의 굉음보다도
포르모사(대만)의 태양과 습도가
내 의지를 앗아간다.
자카란다 나무 그늘에
아프리카의 그늘이 그립다.
날 시원하게 하고 생기를 되찾게 해줄
앰버의 멀린(Merlin of Amber)처럼
지구와 그 그림자를 걷는 나는
두 세계 속에서 헤맨다.
내 알 수 없는 자아의 죽음을 피해 다니며
나쁜 피와 역사를 뒤로 남겨두려 애쓴다.
새로운 유머와 서사의 기원이
낡아 버린 생각과 혈구들을 대신한다.

내 안에서 새롭게 창조된 사람
나는 이전의 나를 복제한 존재
똑같은 피부를 입고
옛 기억들과 꾸며낸 기억들로
나 자신을 세뇌하며
불을 끄고
에어컨을 켠다.
그리고 옛 삶을 괴롭히던
전력 중단의 꿈을 꾼다.
나는 이중성을 산다.
깨어 있음과 잠 사이에서
대만의 낮, 남아프리카의 밤
남아프리카의 낮, 대만의 밤
밤과 낮
남대만, 남아프리카
그 이중성이 내 안에서 하나가 된다.

台灣日・南非夜

我醒來與

跟我同樣膚色的族群移動

我的思緒順著並逆向與人群游動

11000 公里外的南非高原雷雨

比剛才飆過去差點壓到

我的腳趾之摩托車

在我耳邊響起更大的聲音

福爾摩莎的陽光和濕氣

耗盡我的意志

我想要藍花楹樹下

讓我涼下來，恢復活力

的非洲蔭影

像安珀之梅林

行走地球與影子世界

我在兩個世界中移動

躲避未知的自己之死亡

試圖遠離仇恨和歷史

新體液和敘事的創始
代替疲憊的思緒和血脈
從內部創造之新的人
乃為舊的我之克隆人
穿著相同的皮膚
對自己用舊的真實
和虛構回憶洗腦
我關掉我的燈
打開冷氣
夢著困擾著我過去的生活
的滾動停電

我生活在清醒和睡眠
的二元性中
台灣日南非夜
南非日台灣夜
夜日
南台灣非
二元性在我身上統一

Taiwan Days, South Africa Nights

I wake up and move

With packs of my own skin colour

My mind swims with and against the swarm

The Highveld thunderstorm 11000 km away

Rings louder in my ears

Than the zooming scooter that

Just missed my toes

The Formosan sun and humidity

Drain my will

I wish for an African shade

Under jacaranda trees

To cool and revitalize me

Like Merlin of Amber

Walking the Earth and the shadow

I move in two worlds

Dodging the death of my unknown self

Trying to leave behind bad blood and history

The genesis of new humour and narratives

Substitute for the worn-out thoughts and corpuscles

The new person created from within

A clone I am of the older me

Wearing the same skin

Brainwashing myself with

My old real and made up memories

I turn off my lights

Turn on the air-con

And dreams of the rolling blackouts

That haunts my old life

I live in a duality

Of wakefulness and sleep

Taiwan day South Africa night

South Africa day Taiwan night

Night day

South Taiwan Africa

The duality is united in me

터창 마이크 로(羅得彰, Te-chang Mike Lo)   349

새해

번화한 구시가의 소란을 피해
경전철의 인파에서 멀리 떨어진
고요한 담수이는
시골보다 더 시골 같다.
1년 내내 두 차선인 척하는
쌍차선 도로는
차들이 모두 새해를 맞으러 집으로 돌아갔을 때에야
비로소 인정한다.
"사실 나는 네 개 차선이야."

아스팔트 도로에 누워 있는 떠돌이 개는
자전거를 타고 가는 나를 멍하니 바라본다.
새해든 옛 해든 상관없는 듯
이곳의 바닷바람과 가랑비를
나와 그 개만이 함께 나눈다.

폭죽이 터지고
벚꽃이 만개한다.
전통과 자연이 경쟁하며

누구의 새해맞이 행사가
더 사람들의 시선을 끌지 겨루고 있다.

過年

躲開老街的喧鬧

遠離輕軌的人潮

靜靜的淡水

比鄉下還鄉下

雙車道的馬路

整年假裝苗條

車子都回家過年時

它才承認

「其實我是四線道」

躺在柏油路上的流浪狗

傻哈哈地瞪著我騎腳踏車

新年舊年都無所謂

這邊的海風跟細雨

只有我跟它共享

鞭炮怒放

櫻花怒放

傳統與大自然競賽

看誰的新年活動
較吸引人

New Year

Getting away from the hustle and bustle of the old
street
Staying away from the crowds on the light rail
The quiet Tamsui
Is more rural than the countryside
The two-lane road
Pretending to be thin all year
Only when all the cars go home for the New Year
Does it admits
"Actually, I am a four-lane street"

A stray dog lying on the asphalt
Give me a silly stare as I ride my bicycle
New year old year it doesn't matter
The sea breeze and drizzle here
Is only share by it and I

Fire crackers in full bloom
Cherry blossoms in full bloom

대만 시인 20인 시선집(20位台灣詩人詩集)

Traditions competing with nature

To see whose New Year's event

Is more appealing

터창 마이크 로(羅得彰, Te-chang Mike Lo)   355

지진

어머니 대지가 자기 아기 고구마를 붙잡고 흔들었다.
작은 아시아 아이의 목덜미를 움켜쥔 채
대만이 뭔가 잘못해서
어머니의 분노를 산 걸까
아니면 어머니가
아기 고구마를 강하게 키워
옆집 큰형에게 맞서라고 하려는 걸까?

대만 시인 20인 시선집(20位台灣詩人詩集)

地震

地球媽媽從頸背處抓起亞洲小淘氣

搖晃著她的小地瓜

台灣是不是做錯了什麼

引起親愛的媽媽怒氣爆發

還是媽媽想要

她的地瓜寶寶堅強一點

才能抵抗鄰家的大哥?

터창 마이크 로(羅得彰, Te-chang Mike Lo)　　　357

Earthquake

Mother Earth grabbed her baby sweet potato and
shook
The little Asian nipper by the scruff of the neck
Did Taiwan do something wrong to deserve
Dear mother's wrath
Or is mother trying to toughen up
Her baby sweet potato to stand up
Against the big brother next door?

양치추
(楊淇竹, Yang Chi chu)

양치추(楊淇竹) 시인은 비평가이며 편집자이다. 그녀는 비교문학 연구로 문학박사 학위를 취득하였다. 그녀는 《Tamsui》(2018), 《Farewell for Reunion》(2019) 《Winter, Strolled on the Haiku》(2020) 등 7권의 시집을 출간하였다. 그녀는 2014년에 칠레에서 열린 국제 시 회의 'Tras las Huellas del Poeta'에 참가하였으며 2016년부터 2023년까지 대만 탐수이(Tamsui)에서 개최된 포모사국제시축제(Formosa International Poetry Festival)에 참여하였으며 페루에서 개최된 2017 Capulí Vallejo y Su Tierra에도 참가하였다.

미사일

.

농담처럼?
미사일이 아시아에 나타날 것인가?
평화는 환상에 불과하지.
한 번 사라졌던 전쟁
사실 20세기 마지막 냉전이었지.
하지만….
인간의 마음
아직도 미치광이인가?

북한, 예고도 없이 미사일을 발사했지.
동아시아인들은 긴장했다.
또 다른 무서운 발사가 있으리라는 것을 알고
미국인이 대답했다.
일본도 견해를 밝혔다.

조밀하게 쓰인 민족주의가
국제적으로 발표되었다.
누구요, 당신은 도대체 누구인가?
누가 감히 내 야망을 가로막겠는가?

미사일이 농담처럼
평화의 한계에 도전하네.
잊지 마세요, 동아시아인 여러분
욕망으로 가득한 인간의 마음을!

양치추(楊淇竹, Yang Chi chu)

飛彈

笑話似

飛彈會在東亞出現？

和平只是假象

消聲匿跡的戰爭

那，最後一場20世紀冷戰

其實啊……

人心

依舊熱血

北韓突然無預警射飛彈

繃緊神經的東亞人

等待，下一次發威

美國喊了話

日本表了態

密密麻麻國家主義

向外宣稱

誰，到底是誰

敢抵擋我雄心壯志

飛彈像笑話

挑釁和平的限度

東亞人別忘了

人心，充滿慾望呢！

Missiles

A joke?

Missiles will appear in Asia?

Peace is nothing but an illusion

That once-disappearing war

Was actually the last cold war in the 20th century

But . . .

Human hearts

Are still maniac

North Korea launched missiles with no advance
warning

East Asians tensed

Knowing another terrifying launch would come

American spoke up in response

Japan voiced its stance

The densely written nationalism

Announced internationally

Who? Who on earth are you?

Who dares to stand in the way of my ambition

Launching the missiles is making a joke
That challenges the peace limit
Do not forget, East Asians
Human hearts, full of desire!

양치주(楊淇竹, Yang Chi chu)   365

회전목마

회전하는 아이들의 꿈
멋진 놀이동산에서
목마는 돌고 도네.

점점 시들어가는 숲
벌목의 시대
멋진 놀이동산에서 사는 것일까?
돌풍이 불고
매연, 매연, 어린이들의 안개
경제를 위하여 자본가들이
땅, 숲, 대기를 희생시키면서
냄새나는 폐기물 연기가
전 세계를 떠돌고 있어.

회전목마의 꿈
흥청거림을 멈춰줘
매연이 떠돌고 떠돌지!

旋轉木馬

旋轉兒童的夢
美好樂園
木馬，轉呀轉

森，逐漸凋零
砍樹年代
看似美好的樂園
一陣風吹來
霧霾，霧霾，兒童的愁雲慘霧
資本主義者為了經濟
不惜犧牲土地樹林空氣
惡臭廢煙
流浪世界各地

旋轉木馬的夢
歡笑止步
霧霾，轉呀轉

Merry-go-rounds

They're whirling children's dream

In a wonderful amusement park

Wooden horses go round and round

Forests are withering away

The age of cutting trees

Is seemingly an age of living in a Wonderful Park

When the wind gusts

Smog, smog, becomes children's gloom

Capitalists sacrifice land, trees, and air

In pursuit of economic boom

Smelly smoke

Is loitering around the world

The dream of Merry-go-rounds

Ends up killing skylarking

As smog goes round and round

COVID-19가 찾아온 옛 담수이

COVID-19 바이러스가 덮친 담수이,
사람들은 겁에 질려 떠나고
간판들만
외롭게 깜빡인다.

마스크를 쓴 얼굴들은
빠른 걸음으로 떠나며
집에서 여유롭게 지낸다.
담수이는 여전히 서 있고,
강물은 잔잔하게 반짝인다.
쓸쓸하다.

저물녘은 찬란한 외로움을 뿜어낸다.
매년 시인들은
사람들을 불러 모아
시를 읽는다.

양치추(楊淇竹, Yang Chi chu)   369

肺炎過境老淡水

淡水在病毒面前
把人群都趕走
店家招牌
孤零零閃動

臉，戴著口罩
快步，將遊興留在
家中
淡水仍屹立
河水輝映波光
惆悵

夕陽映照寂寞光彩
詩人卻每年每年
呼喚
閱讀的慾望

COVID-19 landing old Tamsui

Tamsui, faced with the COVID-19 virus,

Scares people away,

Leaving signboards

Flickering alone.

The faces, wearing masks and

Trotting off, keep their good mood for sightseeing

At home.

Tamsui still stands,

The river rippling and shimmering,

Melancholy.

The sunset radiates brilliant loneliness.

Every year poets

Evoke people

To read poems.

<Translated by Lo Te-chang Mike>

양치추(楊淇竹, Yang Chi chu)

왕아루
(王亞茹, Wang Ya-ru)

왕아루(王亞茹) 시인은 1981년생이며 10년 이상 장기요양 서비스 분야에서 일해왔다. 그녀는 또한 무용을 전공하며 2019년에 무용 경연 대회에서 상을 받았다. 2018년부터 시를 쓰기 시작하여 리 시(詩) 잡지에 작품을 기고하고 있다. 그녀의 시집으로는 《홈케어 노동자의 대화》(2021)와 《나는 담수이(淡水)에 있다》(2023)가 있다.

홈케어 노동자들에게

매일
당신은 지역 사회와 마을을 거쳐
거주지에서 돌봄 서비스를 제공하러 가네.
장기 요양 돌봄 노인들의 집에 들어가며,
바람과 비를 마주하며 미소 짓고
태양을 향해 크게 노래 부르네.
노인들의 기분과 감정을 듣고
어제와 오늘의 이야기를 나누네.
거주지에서 돌보는 노인들의 음식은 맛있는 냄새가 나고,
병원 진료와 함께하는 홈 서비스도 이어지네.
재활 운동 중에
손과 발을 움직이며
노인들이 스스로 활기를 찾게 격려하고,
그들의 몸을 씻겨주어 상쾌하게 하며,
필요할 때 몸을 돌리고 등을 두드려주니
마치 왈츠 음악처럼 들려
그들을 기쁘게 하네.

居服工作者

妳們每天

穿越社區　鄉間

做居服工作

走進長者家裡關心長照

迎風雨妳們微笑

對陽光妳們高歌

聽長者的心與情

訴昨天與今天故事

長者飯菜裡飄香居服味道

醫院檢診有居服陪伴

復健功課裡

妳們一把手一把腳

鼓勵長者動起來

身體清潔讓長者喜愛

臥床長者須翻身拍背

那扣背聲宛如華爾滋歌曲

在鼓勵

To Home Care Workers

Every day

You go through the communities and villages

To do care services at residence

Entering the elders' home for long-term care.

You smile against the wind and rain

Sing loudly towards the sun

And listen to the moods and feelings of the elders

Talking about their histories of yesterday and today.

The foods for elders smell good in care at residence

While accompanied by home service of hospital

examinations.

During the rehabilitation exercise

You move your hands and feet

In encouraging the elders to activate themselves,

Cleansing the elders' bodies to make them pleasant,

Turning over their bodies and patting on their backs as

needed

Which sounded like a Waltz music

To excite them.

나의 감정

나는 셀 수 없이 많은 노인 돌봄 사례를 보며
어제도 오늘도 그들의 이야기를 들어준다.
마침내 내 마음이 아프다.
걷던 그들이 보행기를 사용하게 되고,
휠체어를 타며 결국 침상에 눕게 되는 모습을 보며.
인간의 노화는
빠르게 진행되어도,
홈케어는 긴 여정이다.
때로 우리는 이해해야만 한다.
오늘 나는 기꺼이 남을 돌본다.
언젠가 우리가 필요할 때
다른 이들이 우리를 잘 돌봐주기를 바라는 마음으로.

왕아루(王亞茹, Wang Ya-ru)

感言

照顧過看過無數長者個案

陪著聽著他們講昨天今天過去故事

最後我的心痛苦糾結

他們從走動到使用助行器

從輪椅到臥床

人的老化說不定

也許過程會急速變化

但家庭照顧這條路漫長

有時我們要理解

今天我願意照顧別人

我們有一天需要時

也希望別人可以好好對待我們

My Feeling

I have serviced and watched countless cases of elders'
care,
Listened to their stories of yesterday and today.
At last my heart was in pain to see
Their movements from walking to using the walker,
From by means of wheelchair to going on bed.
The aging of human being
May be changed rapidly in the process
But home care is a long way to take.
Sometimes we have to understand
I am willing to take care of others today
And hope others may treat us well
When we need someday.

왕아루(王亞茹, Wang Ya-ru)

네가 울지 않으면 나는 웃을게

매주 수요일 오후는
내가 주(朱) 아주머니를 돌보는 시간이다.
"주 아주머니, 요즘 기분이 좀 나아지셨어요?"
노부인은 나를 향해 따뜻하게 웃으셨다.
나는 그녀가 너무 오랫동안 침대에만 있지 않도록
일어나서 움직이기를 격려하고 싶다.
온종일 액체 음식에만 의존하는 대신
더 의미 있는 삶을 살기를 바란다.
"주 아주머니, 삼키는 기능을 훈련하셔야 해요.
손과 발의 근력도 키우셔야 하고요.
재활 의사가 다녀가셨나요?" "네!"
"그렇다면 이제 걱정 없겠네요.
편안하게 지내시고 자주 웃으세요!
아주머니가 늘 행복하시길 바라요.
안 그러면 아주머니가 웃지 않으면 제가 울지도 몰라요."

你不哭我會笑

每星期三下午

是朱媽安全陪伴時間

朱媽這幾天有卡好沒

老人家用慈祥笑臉看著我

我不想看到她長期臥床

想要她動起來

不想讓她整天靠流質維持生命

想讓她的生命活得有意義

朱媽妳吞嚥功能要訓練

手腳肌力的張力要訓練

居家復健師有來吧　　有

那就好　這樣我卡放心

心情要放輕鬆多笑笑

我對你滿滿的希望

你不笑我會哭

왕아루(王亞茹, Wang Ya-ru)

I Will Laugh If You Don't Cry

It's my turn to take care of Aunt Zhu

At each Wednesday afternoon.

"Aunt Zhu, do you feel better in these days?"

The old woman looked at me with a kind smile.

I don't want her staying on bed quite a long time

And would encourage her getting up to move.

I don't want her to survive on liquidity all day

Rather let her to live more significant.

"Aunt Zhu, you need to train your swallowing function

Also the strength of your hands and feet muscles.

Has the physiatrist come to see you? " "Yes!"

"OK! So I don't worry anymore,

Be relaxed and laugh frequently!

I hope you happy all the way

Otherwise I will cry if you don't laugh."

역자

강병철(Kang, Byeong-Cheol)

제주문협 신인문학상(1993), 월간 《시문학》
(2016) 詩로 등단하였다. 제33, 34 국제펜한국
본부 인권위원. 정치학 박사(국제정치 전공).
(사)이어도연구회 연구실장 및 연구이사, 충남
대학교 국방연구소 연구교수, 제주 국제대학
교 특임교수, 한국해양전략연구소 선임연구위
원 및 객원연구위원을 역임하였다. 한국평화
협력연구원 부원장, 제주 PEN 부회장. 제11회
문학세계문학상 대상(소설), 제19회 푸른시학
상(시), 2023년 최고의 국제 시인 및 번역가 상
을 수상하였다. 저서로는 시집 『폭포에서 베틀
을 읽다』, 영한시집 『대나무 숲의 소리』, 수상
록 『사람은 무엇으로 사는가』, 소설 『푸른 소』,
『지배자』 등이 있고, 번역서는 『한중관계와 이
어도』 등이 있다.